# L'INFAMILLE

Thomas est mort, son corps attend d'être reconnu dans une morgue. Son frère Guillaume se trouve investi de cette difficile mission. Thomas était le grand frère, l'écrivain qui s'était emparé des histoires de famille pour en faire des romans. Guillaume se retrouve désormais seul dépositaire de la mémoire familiale. Une mémoire sous l'emprise d'une subjectivité absolue, mêlant vérités et mensonges, et qui s'impose peu à peu comme un mythe menaçant.

*L'Infamille* met en scène des personnages en conflit avec un monde intérieur qui réduit l'identité à une filiation et un monde extérieur qui s'intéresse à la jeunesse pour ce qu'elle représente, et non pour ce qu'elle est. Le récit suit la trajectoire de ce mystère : à qui appartient-on lorsqu'on dit « appartenir à une famille » ?

*Romancier, Christophe Honoré a publié* La Douceur, Scarborough *et récemment* Le Livre pour enfants *aux éditions de l'Olivier. Il écrit aussi pour le théâtre, la jeunesse et le cinéma. En tant que cinéaste, il a notamment réalisé* Ma mère.

Christophe Honoré

# L'INFAMILLE

ROMAN

*Éditions de l'Olivier*

TEXTE INTÉGRAL

ISBN 2-02-055720-7
(ISBN 2-87929-143-7, 1re publication)



www.seuil.com

*À mon père*

PREMIÈRE PARTIE

# LE GAZON
(Paris, 11 septembre 1996)

« Quand vous me verrez,
Allez,
Ce n'est pas moi.
Dans les grains de sable,
Dans les grains des grains,
Dans la farine invisible de l'air,
Dans un grand vide qui se nourrit comme du sang,
C'est là que je vis.
Oh ! Je n'ai pas à me vanter : Petit ! petit !
Et si l'on me tenait,
On ferait de moi ce qu'on voudrait. »

Henri MICHAUX, *La Nuit remue*

– Combien ?

– Quarante-huit secondes.

La voix de Thomas est tellement douce. Il m'admire enfin, il est fier et il a peur pour moi. Bientôt, il va me supplier d'arrêter, m'effrayer, me dire que mes yeux vont brûler. Pour la première fois, j'attaquerai la minute. Sa main se posera sur mon visage, un écran entre mon regard et le soleil. J'embrasserai sa main, mais dans ma tête, sans bouger mes lèvres.

# 1.

J'attends de pleurer.

Et non. Même pas la voix tremblante ou un rire. Je devrais peut-être rire. Ma mémoire se rétracte. Une douleur qui s'use à me narguer. Je suis libre de la vie de Thomas. Oui ses vêtements séchaient près des miens et ma mère les ramassait. Je dis oui pour me convaincre, en fait rien ne l'évoque. À l'instant, je n'ai plus de souvenir d'enfance. Ma mère n'a jamais ramassé notre linge mais une dame payée pour le faire.

J'examine mon visage, j'ai toujours adoré parler au téléphone en m'épiant dans un miroir, rechercher la preuve d'une petite spontanéité. Je suis un chercheur malheureux, aujourd'hui encore : aucune surprise. Peut-être à l'intérieur une question, un doute. Mon adresse ? Comment ont-ils trouvé mon adresse ? Une autre : hériterai-je de Thomas ? Non. Je suis désintéressé.

Sa mort n'interdit pas ma colère. Elle la frotte, un chiffon à chaussures. Deux, trois crachats en font partie.

– Allô monsieur, vous êtes encore là ?

– Quand pouvez-vous passer ?

– L'hôpital Saint-Louis, dans le dixième. Pourriez-vous amener avec vous une photo récente du défunt ?

– Bien. Nous vous attendons, monsieur Valentés.

Sa mort n'interdit rien. Je vais lui casser la figure. Vite, enfiler un pantalon, je n'ai plus de slip propre, je porte mon jean à même la peau. Ce jean n'est pas à moi, plutôt à Medhi je pense. Au-dessus de la ceinture, la ligne nette de mon bronzage. Il est dix heures. Je réchauffe une tasse de café dans le micro-ondes. Je n'ai plus d'argent, je prendrai le métro.

Quand j'ai fermé la porte de mon appartement, je place mes mains en coquille devant mon nez et crache un souffle chaud. Je pue. Je retourne me brosser les dents.

Légalement, je ne suis pas obligé d'aller là-bas. Je n'ai pas le souvenir d'un homme qui ait été coupable de ça. Je frotte trop fort, mes gencives saignent. Je me perdrai. Jamais été très doué pour me repérer dans le métro. J'aurai mal compris. La Pitié-Salpêtrière. Je croirai à une mauvaise blague. Voilà, je me promènerai près du canal Saint-Martin. Je traverserai chaque pont, j'avancerai comme ça, en boustrophédon. Ce code pour message secret dans les colonies de vacances. Arrivé à la fin d'une ligne, on écrit la suivante à l'envers :

J E M E
D R E P
R A I . De cette manière, les paysans grecs, dans

l'Antiquité, labouraient leur champ. Je remonterai jusqu'à Stalingrad. Voilà, le lendemain j'oublierai.

La radio diffuse une émission sur France-Inter. Deux femmes interrogent quelques invités sur les solutions envisageables pour payer moins d'impôts. À chaque argument avancé, l'homme qui conduit le taxi lâche « déjà fait ! ».

Malgré les autocollants placés sur les sièges et les vitres, je lui demande poliment si je peux fumer. Il me tend l'allume-cigare après s'en être servi. À peine quelques bouffées et j'ai déjà la nausée. Je n'ose pas éteindre ma cigarette, j'inspire le moins de fumée possible, je crapote comme en sixième.

– Vous allez rendre visite à quelqu'un ou c'est vous le malade ?

– Je suis malade.

– Pourtant vous en avez pas l'air, bronzé comme vous êtes. Des examens ?

– Oui, diabète.

– Mauvais, le diabète à votre âge. Une alimentation saine, il n'y a que ça de vrai. Trop de beurre bouche les artères...

– Vous connaissez la vie, vous ?

– Oh là, on se calme. Ce que je dis c'est pour votre bien, je m'en fous moi.

Ça pue les pieds dans son taxi. Je me concentre sur ce qui se raconte à la radio. Je n'ai jamais fait de déclaration d'impôts. Des papiers pour la Sécurité sociale, l'assurance maladie, rien. Qui va payer les frais d'hôpital ? Ils ont dû m'appeler pour ça. Mon passeport n'est plus valide, ils me l'ont signalé à la douane.

Soudain le beau temps me dégoûte. Ses couleurs vives plein les trottoirs, et le soleil qui brille tout. J'aurais voulu un peu plus de gris, des ombres moins précises. Une déférence en somme, un truc attentif qui me comprenne et m'accompagne. Mais non. La lumière règne. Les impôts à la radio... Trop de mollesse, un jour très ordinaire, un jour sans parole. Pas un jour de lente tristesse où me complaire à genoux. Je suis déplacé. Papa a sa phrase pour ces moments-là, il dit : « Moscou ne croit pas aux larmes. »

Roses. Iris. Lys. Glaïeuls. Lilas. Roses. Tournesols.

– Bonjour, vous désirez ?

– Myosotis.

– Ah ! désolée, monsieur, je ne vais pas avoir ça.

– Genêts ?

– Non plus, mais j'ai des fleurs plus domestiques. C'est à quelle occasion ?

– Aucune. Comme ça...

– Pour le plaisir d'offrir ?

– Si on veut.

– Il y a encore des jeunes filles heureuses. On le fait à combien ce bouquet ?

– Je ne sais pas. Cent francs ?

– C'est bien cent francs. Ça va nous faire un beau bouquet. Voyons.

Elle s'applique, elle compose avec méthode, jamais elle ne m'interroge du regard, alors je n'interviens pas.

– Voilà. Adorable, non ? Vous me faites plaisir, jeune homme. Je peux vous demander votre âge ?

– Vingt-trois ans.

– C'est si rare. Votre génération ne sait plus pousser la porte d'un fleuriste. Tenez, je vous rajoute deux gerberas, gratis...

– Mais...

– Ne vous inquiétez pas, ça ne déséquilibrera pas le bouquet, c'est un chiffre pair.

Je marche dans la rue un bouquet au bout de la main. Je me sens crétin, sentimental, humain. Je peux me moquer de moi, il n'y a aucune raison pour que je ne sois pas vivant.

Thomas me coinçait dans le couloir des chambres, me tenait prisonnier dans ses bras, m'embrassait le cou, des bisous qui pètent, en enfilade. Mon beau petit frère, il disait. Évidemment non, il ne le disait pas, plus tard il l'a pourtant écrit.

Je relis de mémoire les lignes où il m'a écrit. Souvent les gens ont le désir d'être écrit par quelqu'un, de voir leur nom publié, qu'un écrivain s'occupe d'eux. Mon frère a fait ça. Des lignes et des livres. Pas une dédicace, seulement mes souvenirs et mon nom étalés.

Il faut que je retourne à mon enfance, le terrain de jeux favori. L'enfant roi, naturellement encadré par père et mère. Ce n'est pas la première fois que mon frère meurt. Avant ma naissance, un autre que Thomas avait fait ça. Encore aujourd'hui, seulement papa, maman et

Thomas ont l'autorisation d'en parler ; ils disent le deuxième pour le nommer.

Le deuxième est mort et ils disent vite un autre pour oublier. J'arrive, et ma première dent arrive. Ils disent tiens, elle lui était poussée plus tard la première dent. Et pareil pour le premier pas, le premier mot. Le deuxième m'a légué une vie, on a les héritages qu'on mérite. Je ne le désigne pas, il n'est pas accusé, juste indigne. La raison. La lâcheté par qui le scandale s'étend. Il meurt, avec lui les beaux jours, les lisses. La famille criait, c'étaient les jours où rien n'empêchait de faire trop de bruit. Un manège emprunté, on criait la fin du désir. De l'acide plein les draps, une sueur turbulente que rien ne détache. Bref, un soir à en mourir satisfait. Eh bien non, la famille décida que le soir était à en naître pourri. Sur ça, j'avoue très peu d'humour. J'aurais préféré que le deuxième soit gangster plutôt que cadavre.

Donc, père et mère et le gazon autour. L'enfant roi. Ce que l'enfant pensait au temps du gazon. Son père et sa mère étaient des faux. Prothèses, silicone, fibres de verre. Des voleurs d'enfants. Ils volent les enfants pour leur faire... Pour leur faire quoi au juste ?

L'enfant du gazon a peur. Le père a raconté Pinocchio. Ils vont le vendre. Autour de la table, père et mère et l'enfant mangeant des bigorneaux... L'enfant se lève, se précipite vers les cheveux, s'acharne à les arracher. C'est une perruque. Il éclate en sanglots. Père et mère veulent comprendre. Ils sourient, caressent, rassurent. Mais non voyons. Alors, la révélation : la perruque tient avec une colle indestructible. Ils sont décidément très forts. Quelques années plus tard, l'enfant pensera que tout ce monde autour est automate, lui le cobaye, le dernier spécimen d'une espèce disparue. Il est étudié, on le fait évoluer dans des univers de papier mâché. Cette station-service au coin de la rue. Il l'a déjà vue ailleurs. Ils ne prennent même plus la peine de changer totalement le décor. Il est seul. Encore maintenant, certains soirs, il se l'explique ainsi.

Bien avant l'écriture, Thomas me racontait l'épisode des bigorneaux. Il construisait ma mémoire de ses récits.

– T'as toujours eu peur des chiens, Guillaume.

– Tu es sûr ?

– Depuis le jour où un doberman t'a mordu au visage. Tu devais avoir quatre ans, sur la petite place devant la boulangerie, le vent faisait voler les bâches du marchand de légumes. Tu te souviens des bâches rayées orange et bleu ?

– Oui, sa femme avait un trou dans la gorge, il se fermait, s'ouvrait, quand elle hurlait le prix de ses salades.

– T'es incroyable, pour ce que tu aimes, tu as de la mémoire.

– Le doberman ?

– Tu étais coincé sous une bâche, prisonnier. Il a sauté sur toi, personne ne pouvait approcher, il grognait. La boulangère te disait de ne pas bouger, pas un geste. Le marchand de légumes s'occupait de maman. Tout le monde était là à attendre qu'il se calme, qu'il t'abandonne.

– Je pleurais ?

– Non. Comme d'habitude, tu jouais à l'obéissant.

– À qui il était ce chien ?

– Un client du café à côté. On l'ignorait.

– Quelqu'un s'est bien décidé à me délivrer.

– Je t'assure, ça a duré longtemps, maman en a chopé une crise de tétanie.

– Alors ?

– Le chien en a eu marre, il a pissé sur la bâche puis il est parti.

– Il ne m'a pas mordu ?

– Non.

– Tu m'as dit qu'il m'avait mordu.

– Non, tu t'es éraflé les joues sur le bitume, c'est tout.

– T'es vraiment sûr qu'il m'a pissé dessus ?

– Pourquoi tu veux toujours rendre les choses plus belles ?

Je passe la barrière comme à la douane. L'homme dans son cabanon me sourit. La pelouse s'étend en bordure du bâtiment neuf. Elle se gonfle le long du chemin goudronné, une cheminée en sort. Ce n'est pas la cantine, un crématorium peut-être, enterré.

Devant les portes vitrées, des hommes en chaises roulantes, reliés à leur perfusion qui les suit, les garde. Certains portent eux-mêmes le goutte-à-goutte à bout de bras. Entassés là, ils semblent interdire tout accès. Je cherche du regard une porte dérobée, les urgences. Ils s'avancent vers moi, m'entourent presque. C'est à mon bouquet qu'ils en veulent.

Je pense à mon appareil cardiaque maintenant – un truc infaillible contre la panique –, j'en ai la vision nette, de sa place sous mes poumons, sa couleur et sa texture. Je le sens, l'entends. Je me complais dans son observation totale. Un appareil dont je n'ai pas même pitié. Rien d'autre à faire, je m'éloigne vers la gauche, l'ancien cloître, son jardin se déplie en moi. J'ai besoin de me remplir d'air et de vert. Des enfants plein les allées. Nous sommes mercredi. Onze septembre dix-neuf cent quatre-vingt-seize, mon grand frère est mort.

Assis sur la pelouse, j'espionne un petit garçon penché au-dessus d'un tas de cailloux. Il les étudie avec application, les fait rouler entre ses doigts, les détaille la main tendue vers le ciel. Les sept qu'il a choisis sont alignés entre ses jambes, du pied, il disperse le tas sur le sentier. Puis les élus, il les porte un à un à sa bouche et les suce longuement. Parfois il grimace, la sélection est alors rapide. Il ne crache jamais. Quand le caillou n'est pas bon, il le sort lentement de sa bouche puis le dépose près du massif de fleurs. Il en garde quatre. J'attends qu'il se lève afin de lui voler ceux qui avaient trop de goût pour lui. Enfant, je me souviens de n'avoir mâché que de l'herbe.

– Guillaume ?

Cécile ouvre ses bras.

Ses cheveux n'ont pas été coupés, toujours enroulés et posés sur son épaule gauche. Elle me sourit et je me demande comment elle a pu me reconnaître. J'hésite un temps à jouer au gars qui ne comprend pas, désolé vraiment, je n'ai aucune mémoire visuelle. Mais je sens bien que cette maladresse serait inutile, Cécile est là comme à un rendez-vous.

– Alors ?

– Quoi ?

– Je ne sais pas, raconte...

– C'est un piège.

– Écoute Guillaume, je ne t'ai pas vu depuis... depuis quoi ? Deux ans ?

Cécile s'assoit près de moi sur la pelouse, sa jupe est claire, elle se relèvera avec des taches de vert. Elle aperçoit le bouquet posé derrière moi, pour ne pas avoir à mentir, je lui pose une question.

– Toi ? Qu'est-ce que tu fais là ?

– Ma mère accouche.

– Ici ?

– La clinique oui, ça dure un peu, je pense qu'ils vont faire une césarienne.

– Ta mère, tu m'as dit ?

– Oui, incroyable non ? À quarante-cinq ans, elle me double là encore.

– C'est ton père ?

– Bien sûr que c'est mon père, qui veux-tu que ce soit ?

Cécile pose sa main sur la mienne. Elle appuie fort.

– Je suis tellement heureuse de te voir, je te jure.

Quand je retourne ma paume, elle est incrustée de petits cailloux et de terre humide. Je vérifie du regard si le petit garçon est toujours là.

– Et c'est pas dangereux à son âge d'avoir des enfants ?

– Ne dis pas ça, il n'est pas encore né.

Cécile est très près de moi, on se regarde mais je ne

suis pas sûr qu'on se voie. Et Thomas, me demande-t-elle, où il est Thomas ?

Thomas se cache derrière un des rochers de Huelgoat. J'ai compté jusqu'à cent ans, j'ai le droit maintenant de le trouver.

– Ne vous éloignez pas trop, on ne tardera pas.

Papa a toujours peur qu'on se perde. Moi aussi, cette peur est délicieuse.

– Rien. Je n'ai pas de nouvelles, on ne se voit plus.

– Pourquoi ?

– Depuis le départ de maman, c'est décidé. Depuis le tien un peu aussi.

– C'est ridicule.

– Je ne veux pas en parler.

– J'ai lu son dernier roman.

– Tu dis le dernier.

– Le dernier paru...

– ... alors ?

– Toujours pareil, la méchanceté gratuite. Insupportable.

Thomas est couché dans l'herbe, il étudie une fourmilière. Quand je le touche, il me dit qu'il ne joue plus. Je souhaite sa mort mais il me pousse de l'épaule, il m'invite à le rejoindre près de *La roche qui tremble*. Évidemment il court plus vite que moi, nous avons trois ans d'écart. Je ne dois pas le perdre des yeux, je ne connais pas le chemin.

Les cailloux de Huelgoat ne sont pas modestes. D'immenses blocs de granit, éparpillés dans la forêt, un ruisseau organise la circulation. Thomas a disparu, je suis des pancartes vertes qui indiquent *La roche qui tremble.*

Il ne m'a pas attendu. Une femme photographie son mari. Je suis abandonné. La roche est posée en équilibre sur une autre, il paraît que certains hommes parviennent à la bouger, même des enfants. D'autres l'ont vue trembler toute seule, ils disent qu'elle vibre, et je le dis à voix haute :

– Elle bouge.

Je m'enfuis. Ceux-là sont diaboliques, on les reconnaît à cette grâce : voir la roche trembler. Thomas m'avait raconté ça.

Je remonte vers le parking, j'arrive à des grillages. Je redescends, je me guide avec les pancartes vertes. Bientôt il fera nuit. Je n'ai pas le courage de hurler ni d'appeler au secours. Après le pont que je reconnais, mon pied bute sur une racine, je perds l'équilibre. Je cogne tête la première contre un rocher. Un bruit mat, puis du sucre en poudre plein la bouche, enfin le goût épais et métallique du sang. Je n'ose plus entrouvrir les lèvres, ma langue garde les morceaux.

Cécile reprend ma main.

– Il t'a tellement fait souffrir toi aussi.

Le regard blessé qu'elle me tend autorise toutes mes faiblesses. Pour ne pas la décevoir, je devrais m'effondrer. Elle réclame mes pleurs. Des tremblements, des souvenirs partagés. Ma deuxième main à présent.

– Comment as-tu pu accepter ça, Guillaume ?

Je n'ai rien accepté, je n'ai rien à lui dire. Quelle

confiance se permet-elle d'installer ? Je voudrais qu'elle me lâche les mains d'abord, après peut-être je parlerai. La pitié sur moi, jamais je n'avais été envisagé comme ça. Cécile m'enduit, c'est lisse, baveux et piquant. Ses mains font mal, elles exigent des mots. L'enfant près du massif de fleurs se lève, les cailloux traînent, je ne veux pas me faire doubler. Elle ne me lâchera pas dans le silence, alors je fais du bruit, je chante.

*– Nous avions quinze ans à peine... Tous nos jeux étaient les mêmes, au gendarme et au voleur, tu me visais droit au cœur... Bang ! Bang ! Tu me visais. Bang ! Bang ! Tu me tuais. Bang ! Bang ! Et ce bruit-là. Bang ! Bang ! Je ne l'oublierai pas...*

Je regarde Cécile, je lui souris. Je ne suis pas mécontent de moi. Puis je regrette, je la prends dans mes bras. Je ne pleure pas et je fixe le soleil, au jeu des yeux brûlés, j'ai toujours battu Thomas. J'attends. Mes yeux sont trop forts.

Qu'aurait-il fallu ? Une autre main posée sur la mienne. Un moment patient qui s'installe. Je ne sais pas la main de qui, mon père peut-être. Voilà, il aurait fallu que mon père me prenne dans ses bras, m'embrasse le cou, des baisers fiers. Il m'aurait dit je t'aime sûrement. Alors, il aurait fallu que je le croie. Non, je ne peux pas me permettre tant de chaleur. Pas de main posée. Pas de moment installé. Je ne pleure pas à la mort de mon frère, c'est tout. Je suis juste un drame, une trappe dans les ruines, un futur buveur de bière qui jurera contre l'univers et les mères et les tendres.

Allez Cécile, bas les mains.

# 2.

Douce, Cécile se détache, comme pour ne pas me faire trop de mal. Elle n'insiste pas ; se relève. Le soleil vraiment, dit-elle.

– Excuse-moi Cécile, je reviens.

Dans l'allée, trois hommes jouent à la pétanque. J'attends gentiment que toutes les boules soient lancées, les commentaires terminés, puis je traverse. Les cailloux, plus gros que je ne le pensais, ne tiennent pas dans une seule main, je les partage entre mes deux poches et ça me force à choisir, il y en a trois. Ce que touchent quelques-uns de mes doigts, me rappelle que je suis nu. Je retourne vers elle.

– Tu ne trouves pas, ici, les taches de soleil, la lumière est partout ?

– Guillaume...

– Oui ?

Cécile change de conversation.

– J'ai changé aussi, non ?

– Tu dis ça mais tu n'y crois pas.

D'où me vient cette phrase ? Elle n'est pas à moi.

Allez un effort, dire à Cécile combien elle est belle, la faire sourire aussi, lui avouer que je volais les lettres d'amour qu'elle envoyait à mon frère. Un aveu, ce serait bien, facilitant.

Elle veut parler, je me tais.

– Ça n'a pas été facile, Guillaume. Faut pas croire que parce qu'on s'en va, c'est facile. Surtout que Thomas ne m'avait pas laissé le choix. Tu sais, j'ai voulu changer de nom. Évidemment c'est ridicule, si peu de gens ont lu ses livres. N'empêche, à l'époque, dire mon nom était devenu une angoisse incroyable. Ça me paralysait, me faisait perdre tous mes moyens. Ça m'humiliait comme jamais. À la banque par exemple, quand je venais déposer des chèques, le mec derrière son bureau, il me regardait avec les phrases de Thomas en tête, je l'aurais juré... Pour le nom, j'avais même choisi, Cassard... Dès que je pouvais, je me plantais devant un miroir et je répétais « bonjour, je m'appelle Cécile Cassard... Je suis Cécile Cassard, enchantée... Cécile Cassard, avec un d ». Rigole pas, j'étais soulagée d'avoir pris la décision, je me sentais prête à tout...

– Alors c'est ton nom maintenant ?

– Non.

– Pourquoi ?

– On ne peut pas changer de nom, c'est très compliqué.

– Comment tu fais ?

– J'ai cessé d'aller à la banque, je réalise toute mes opérations à partir des distributeurs automatiques.

Cécile se met à rire et je l'admire pour ça. J'ignore d'où lui vient son bonheur mais il me rassure. De toute évidence, elle a échappé au pire, ça lui donne une liberté que j'envie.

– Ton frère nous regarde.

– Hein ?

– Je dis que Thomas est là, on ne peut pas parler sans lui, s'en passer...

– Bien sûr qu'on peut.

– Moi non. Chaque matin, je décide que c'est jour d'oubli, le premier jour où je ne pense plus à Thomas. Évidemment d'avoir à se le dire, ça commence plutôt mal. Mais bon, j'essaie, avec méthode je remplis ma tête, les choses à faire absolument, les coups de fil à passer, le courrier en retard, les courses : des guide-ânes de cinq pages, je liste comme une folle ; un agenda, voilà ce que je suis. Je me surcharge de boulots, je lance des tonnes d'invitations pour des dîners que j'annule vers dix-sept heures. Là c'est l'heure fatale. Celle où j'arrive à me convaincre que mon manège est ridicule, qu'après tout il n'y a aucun danger à penser à des gens qu'on a aimés, que c'est même là une preuve de ma fidélité, un truc dont je dois être fière. Je reviens chez moi, je me prépare un thé, m'installe dans le fauteuil de cuir rouge que j'avais acheté avec ta mère et impossible de m'en empêcher, je feuillette ses livres, ses deux putains de livres ! C'est devenu un rituel. Je redis certains passages par cœur et je m'étonne encore, je cherche à comprendre pourquoi il a raconté ça...

Je prends Cécile par la main, dans l'autre le bouquet.

Allons voir ta mère, je lui dis. Elle se laisse faire et ce n'est pas désagréable de traverser ce parc avec une fille qui sourit.

## 3.

Cécile jouait avec Lapin sur la pelouse du jardin. Papa battait l'air d'un journal devant le barbecue, il répétait à ma mère qu'il faudrait ramener du charbon de bois le prochain week-end, sinon c'était la fin des grillades improvisées. Maman disait oui oui, elle arrangeait une nouvelle nappe à fleurs dont elle était très fière, sur la table de plastique blanc qu'elle s'obstinait à appeler le salon de jardin. Nous ressemblions à ça, une famille dans un jardin, au bord de la mer. Thomas était attendu, il revenait de Paris avec les premiers livres sortis de l'imprimerie. Papa avait défoncé la porte du freezer en y enfonçant une bouteille de champagne. J'avais vu maman le regarder faire, elle avait un peu grondé, puis l'avait pris dans ses bras, lui avait léché les lèvres. Maman n'était pas fière que de sa nouvelle nappe.

Maintenant je suis sur la terrasse en front de mer. Je gratte la couche de sel sur les ardoises. Avec des phrases, je me persuade que personne ne se plaint de mon absence autour du gazon.

« Thomas a dit qu'il partait à quelle heure ? »

« Lapin a des tiques dans le cou. »

« Pour les fraises, crème fouettée ou au vin ? »

Torse nu et en caleçon, je suis seul. Je tripote mon sexe du bout des doigts. Il grossit. C'est jour d'anniversaire, mes dix-huit ans, et malgré ce qu'ils disent je sais bien que la bouteille dans le freezer n'est pas pour moi.

J'aperçois la voiture rouge sur la route qui longe la pointe de Trébellec. Dans un instant Thomas sera là et moi non. Je descends sur la plage, la mer est basse. Près de l'eau, le vent couvrira les appels de maman, elle ne pourra pas me reprocher de ne pas les entendre. Je vois trois bandes qui s'étalent. Le relief s'annule et cette impression de s'avancer vers un plan m'incite à freiner, j'enfonce profondément mes talons dans le sable pour ne pas perdre l'équilibre. Le goémon craque sous mes pieds. J'ai toujours la main dans le caleçon et le sexe dans la main. Le sable doux maintenant, mouillé. Il ne reste que deux bandes et une limite entre elles, où la lumière semble se ranger. Petit, je souriais toujours en m'approchant de l'eau. Je regardais bien en face la mer, la ligne du fond. Et je me recoiffais et souriais, parce que je savais que de l'autre côté de la ligne, exactement symétrique, et regardant lui aussi la mer bien en face, il y avait un Américain.

– Guillaume...

La voix de Thomas, sa main sur mon épaule. Je bande comme un fou, je cours vers les vagues et plonge en hurlant. Mes genoux cognent le sable, l'eau manque. Je m'éloigne en rampant plus qu'en nageant. Quand je me retourne vers la plage, il se déshabille, lançant ses vêtements vers le sable sec, puis il court me rejoindre. Sur la terrasse, les bras au ciel de maman.

– Putain Guillaume, elle est gelée !

– Tu veux rire, ultra-bonne.

– Attends-moi...

Je ne m'arrête pas avant d'avoir de l'eau à la taille.

– Alors ?

– Quoi ?

– Tu les as ?

– Oui, j'ai récupéré les vingt auxquels j'ai droit.

– La couverture te plaît ?

– Je ne sais pas... On nage, j'ai froid.

La tristesse de cette baignade, de la lumière et nos corps retenus de froid. J'avais décidé de ne pas parler du week-end et j'avais déjà perdu. Avant dans les vagues, les bras de papa étaient pour Thomas, j'avais ceux de maman autour de moi. Elle disait que je tremblais, que mes lèvres étaient bleues. Jamais elle ne voulait que je reste m'amuser avec eux. À force de me serrer, souvent un sein s'échappait de son maillot. Je plongeais la tête, buvais la tasse. Puis je crachais et bavais et frissonnais dans son cou. Maintenant tu sors, décidait-elle. Papa prenait mes deux pieds dans une de ses mains, je m'accrochais à ses cheveux : c'était mon dernier plongeon.

– Nage Guillaume ! Tu vas attraper la crève.

– Je remonte.

Maman a préparé deux serviettes, elle bloque l'entrée de la maison.

– Vous êtes fous. Viens là.

Elle me frotte ; bien partout, elle dit, en séchant mes cuisses.

– Mets ton caleçon dans la baignoire et prends un pull dans la commode de papa... Vous faites vraiment la paire.

Je file pour laisser la place au fils prodige. Je ne me souviens pas avoir vu maman aussi heureuse.

Il faudra que je reparle du bonheur de maman. Aujourd'hui je pense qu'elle avait tout deviné. Elle dégustait ses derniers moments, elle narguait l'histoire de notre famille. Mais pour l'instant, elle sert les fraises à l'idole, elle joue la mère étouffante, ce qu'elle n'a jamais pu être.

– Je ne sais même pas de quoi ça parle.

– Tous les livres parlent un peu de la même chose, maman.

– Évidemment, non... Mais c'est vraiment ça que tu veux faire maintenant, écrire des livres ?

– Arrête de l'embêter, il a bien le temps de se décider.

– Si seulement tu m'avais fait lire ton manuscrit, j'aurais pu corriger les fautes d'orthographe.

– On ne fait pas lire un manuscrit, c'est pas un objet présentable. Au moins ce soir, tu auras un vrai livre entre les mains.

– Et comme d'habitude, je serai la dernière informée... Tu l'as lu toi, Cécile ?

– Non.

– Vous voyez, personne ne l'a lu. Si ça se trouve, ce livre n'existe même pas. J'ai peut-être tout inventé.

– Oh ça... Tu n'es pas à un mensonge près.

Thomas a déposé sur chacun des lits un exemplaire, aucun ne porte de dédicace, j'ai vérifié. Après la partie de tarot, la famille est montée se coucher, on ne parlait plus de ça, comme si nous avions oublié.

– Tu viens ? avait demandé Cécile. Thomas n'a pas répondu, il a ouvert la grande baie vitrée et s'est allongé sur la terrasse. Cécile n'insiste pas. Moi, je reviens d'avoir fait pipi face à la mer, quand je passe à côté de lui, il me demande de m'asseoir et je lui dis non. Dans ma chambre, je me concentre pour entendre autour, le bruit des pages qui se tournent, mais il n'y a pas de bruit. Peut-être parce que personne ne lit.

Je jure que je ne savais pas. Il ne m'avait rien dit, ne m'avait prévenu de rien. Juste quand il me racontait nos souvenirs, il me demandait à la fin : c'est bien ça Guillaume ? Et je lui disais oui, parce que j'aimais nos souvenirs. J'aimais que nous ayons toujours tort et que les parents nous donnent toujours raison, j'aimais comment on leur offrait des baisers en leur crachant dans le dos, nos stratégies, conseils de guerre pour les faire s'engueuler. Notre méchanceté lentement élaborée, les trahisons, les mensonges. J'aimais notre enfance maltraitée par Thomas, parce qu'elle était plus belle que ma mémoire, elle était neuve et sonnait vraie dans sa bouche. Maman t'a branlé hier soir, il me demandait. Hier soir ? J'avais déjà oublié. Je répondais que oui, je lui avais même pissé dans les mains et qu'elle avait ri en me léchant le ventre. C'étaient nos conversations secrètes, c'était pas pour faire plaisir à Thomas. Qu'il les écrive, je jure que je ne savais pas.

Je sors de ma chambre, sous les autres portes aucune lumière ne passe. La maison est comme vidée. J'ai besoin de voir la mer, de promener mes pieds sur le sable. Il est quatre heures du matin. Sur la terrasse, toujours Thomas, allongé.

– Je t'attendais, il me dit.

– T'es même pas parti. T'es nul.

Il ne décroche pas ses yeux des étoiles, il ne me regarde pas m'asseoir près de lui.

– C'est ton cadeau d'anniversaire ce livre.

– Tu te fous de ma gueule ?

– Ça t'a pas plu ?

– T'es lourd Thomas, t'es très lourd.

J'ai froid mais je ne veux pas trembler. À la perpendiculaire du sien, mon regard creuse dans le noir, assez vite retrouve les limites de la mer et du ciel. Dans l'attente de ses mots, je décide si oui ou non je lui casserai la gueule. Il faudrait qu'il m'aide mais Thomas ne veut pas parler, il a peur de moi. Ne pas baisser la tête, rester tendu et droit. La maison derrière nous a disparu, nous sommes seuls dans ce peu d'espace autour, cette nuit qui ne cache rien et dont je suis le maître. Ma nuit d'anniversaire, même Thomas ne peut pas la gâcher. J'attends d'entendre. Lapin est venu nous rejoindre, il me lèche, je le déteste, je ne bougerai pas. Lapin ne mord jamais, il paraît que c'est rare pour un lapin.

– Tu te laisses téter par Lapin ? Je croyais que ce gros rat te dégoûtait...

– Oui. Je me laisse téter par Lapin et branler par maman.

– Commence pas Guillaume, c'est ridicule.

– T'as raison. C'est ridicule.

– Tu n'as pas lu que ça ?

– Non. Il y a pire.

– J'ai rien écrit contre vous.

– Bien sûr... « Les épargnés allaient payer... », mais tu n'as rien écrit contre nous.

– Les gens s'en foutent de savoir si ça parle de nous, tu verras, même papa et maman s'en foutront de le savoir.

Pas d'autre énergie que celle-là : attraper Lapin et le balancer dans le gazon. Thomas éclate de rire, il s'approche de moi, il me serre comme s'il voulait m'empêcher de me battre. Sa bouche est déjà dans mon cou, ses baisers y pètent. Moi je pleure et lui fais croire que c'est de rire. J'ai dix-huit ans, mon grand frère me tient dans ses bras. Je ne suis pas à ma place, mes épaules devraient être plus larges, mes yeux moins gentils. On devrait hésiter à me prendre dans ses bras, comme ça, pour un rien. Me redouter. Est-ce que Thomas aura un jour peur de moi ?

– Viens.

Nous sommes descendus sur la plage. Il tenait Lapin par les oreilles. Il m'a demandé de creuser un trou, profond, étroit. Je savais ce que je faisais. Nous l'avons enterré debout, laissant seulement la tête dépasser. Puis nous avons choisi quatre galets chacun, les gros étaient durs à trouver. Après, nous nous sommes mis dos à dos, comme dans les westerns nous avons compté les pas, dix j'avais décidé, je visais mal. Tous mes galets ont cogné la tête de Lapin. Il ne saignait pas, Thomas disait qu'il n'était qu'assommé. En dégageant le sable autour de lui, je faisais attention de ne pas le toucher. Thomas l'a pris par les oreilles, les pattes ont remué. Nous nous sommes approchés de l'eau, nous nous sommes mis pieds nus. Thomas m'a demandé si je préférais le tenir par les pattes ou les oreilles, j'ai choisi les oreilles. Nous l'avons enfoncé et maintenu longtemps dans l'eau, il bougeait. Je pensais qu'il allait se gonfler comme un ballon, il a coulé.

Le lendemain, papa dira :

– J'ai reconnu quelques prénoms.

Maman dira :

– C'est drôle, j'ai pas fini mais c'est très drôle. Quelqu'un a vu Lapin ?

# 4.

Cécile ne dit rien. Elle se suspend à ma main, d'abord lourde, je la traîne, puis légère, presque détachée. Là, elle inverse les forces, elle veut donner l'élan, choisir les directions, elle me conduit. Nous longeons les bâtiments de l'accueil, les perfusés ont disparu. La maternité s'élève derrière l'autre aile, un cylindre rose sur quatre étages. Cécile hésite, elle nous fait gravir les trois marches, soudain freine. Je cogne contre elle, me colle, face à face. Comme je n'ai jamais embrassé une copine de mon frère, j'essaie. Un baiser rapide, sur la bouche ? J'en suis pas bien sûr. Elle ne détourne pas le visage, c'est facile, je vais recommencer, bien viser une lèvre. Avant je vérifie dans son regard, et je recule. Elle se fout de ma gueule, c'est évident, genre tu te prends pour qui ? Tu crois quoi ? Qu'on embrasse les filles comme ça, l'air de rien, sur les marches d'une maternité, juste pour voir comment ça fait. Pauvre garçon, t'es ridicule ; je prends même pas la peine de te le dire, tellement je te trouve ridicule. N'empêche, elle ne lâche pas ma main. Sa tête dodeline, c'est un verbe que je connais depuis longtemps, mais je n'avais jamais observé l'action. Pas un penchement de droite à gauche, non, ça ressemble à un roulis et ses yeux font pareil. Elle est folle. Sa main me serre, elle me tire. Nous courons vers le hall, puis traversons la cafétéria, je ne parviens pas à me libérer. Un couloir. Elle ouvre la première porte, une femme en chemise de nuit verte ; la ferme puis ouvre la deuxième, deux femmes en chemise de nuit ; la ferme et en ouvre une de l'autre côté du couloir, personne, juste un bébé dans une navette spatiale, la ferme. C'est plein, dit-elle. Nous repassons dans la cafétéria, puis un autre couloir, à gauche une porte ouverte, je l'indique d'un mouvement de bras. C'est comme une salle d'attente, des fauteuils, des revues et au milieu une cabane géante en plastique, avec un toboggan.

– Dis Guillaume, ça t'excite d'embrasser une ex de ton frère ?

Elle parle très lentement, sépare chacun des mots par un sourire. La phrase est longue, je n'entends pas bien son intonation interrogative. Elle reprend, le même registre. Le piège qu'elle me tend me terrifie. Je fais le malin, feins de ne pas prendre la chose au sérieux mais je tremble. Pour me calmer, je me répète que c'est de honte.

– Allez, change de tête, je rigole. T'es un très beau garçon Guillaume, ton baiser je le garde.

Elle déboutonne le bas de ma chemise.

– T'avais le ventre doux. Tu te souviens, à la plage, tu me le faisais toucher. Je te dois un baiser. Je veux le déposer sur ton ventre.

Quand elle se penche, un homme pénètre dans la pièce. Son père. D'abord il ne dit rien, l'air heureux, il laisse finir sa fille. Puis il parle un peu fort, reprend la tête du rôle :

– Tiens ! Bonjour Guillaume.

La chanson se déclenche, comme à chaque fois :... *as-tu bien déjeuné ? Mais oui Madame, j'ai mangé du pâté. Du pâté d'alouette, Guillaume, Guillemette. Chacun s'embrassera, Guillaume restera.*

Il va me casser la gueule. Cécile se redresse, j'agrippe les bras du fauteuil, bien calé, le visage presque tendu. J'attends.

– Alors ? demande Cécile.

– C'est un garçon, répond son père.

Quel âge a-t-il ? Cinquante, cinquante-cinq ? Moins l'âge que moi d'avoir des enfants. Pourtant à lui le sourire lisse, les gestes purs, l'assurance ; ma chemise à moi est défaite. Comment accepter le bonheur autour d'un distributeur de boissons ? Nos gobelets en plastique avec chacun, au fond, la cendre de nos cigarettes. Nous ne parlons pas beaucoup, je ne me souviens pas avoir demandé le prénom du nouveau-né : Cécile et... Louis ? Victor ? Béranger ? Où est la mère, qu'est-ce qu'elle fout ?

La mère dort. Elle rêve de l'avenir de son fils, de l'amour qu'il va lui donner, des inquiétudes aussi : des questions toutes cuites. Est-ce qu'il n'aura pas honte que je le tienne par la main en l'emmenant à l'école ? À quel âge s'apercevra-t-il que je suis plus vieille que les autres mamans ? Quand décidera-t-il qu'il faut repeindre sa chambre, quelle couleur il choisira ? Et son père, il l'aimera ?

La mère de Cécile est assise sous un mimosa, c'est un samedi d'hiver, en début d'après-midi. Louis a dit qu'il arriverait de bonne heure, avant la nuit elle espère, elle compte sur lui pour déterrer le plant d'hortensias qui est près de la boîte aux lettres, elle le voudrait là, devant la porte de la véranda. Les voisins sont partis en vacances sans fermer leurs volets, elle ne peut pas surveiller toute la journée, tant pis pour eux...

– Vous mangez quelque chose ?

– Non, merci, il faut que je file.

– Qu'est-ce que tu fais là d'ailleurs Guillaume ?

– Rien, je venais voir une amie.

Je donne le bouquet au père de Cécile.

– Tenez. Vous féliciterez votre femme.

Cécile ne me retient pas.

Je me tourne et commence à marcher, je ne pourrai pas aller loin, je dois me dompter. À peine quelques mètres et le déséquilibre me tend, aucun pilier ne s'offre, mes jambes plient. Je me jette sur mes genoux, roule. Je ne veux pas qu'ils viennent me relever, je me regroupe. Presque debout, je suis presque près de marcher et ça me relance vers le bas. Je rampe vers une poignée de porte, des chiottes, je m'enferme. Les mains contre le carrelage gras, je dois poser ma tête quelque part, sinon elle finira par cogner contre du dur. Mon cerveau se contracte, une chair qui se décolle de l'os. Des petites inspirations par le nez, disait le docteur à maman, et lui parler, lui parler fort. Je m'hurle :

– Debout ! Lâche ! Minable ! Ça ne marche pas avec moi, ton manège ! Toujours la même faiblesse, la même fuite. Allez debout ! C'était quoi, là, le risque ? Te faire un peu plaindre ? Et alors ! On ne meurt pas des caresses qu'on nous donne ! Je vais te relever, tu vas voir ! Écoute ces mots, ces deux-là que tu détestes, les mots à vomir : *Cœur ! chagrin !* Barrés des listes, introuvables. On ne se débarrasse pas des mots aussi facilement, entre nous, ton arrogance... Pire, je te les accouple, gare aux tendres formules : *Le cœur du chagrin*. Affreux, non ? Pire : *Le chagrin du cœur*. Alors ? Tu bondis ? Tu croyais quoi ? Impunément être là pour rien ? Acheter des fleurs, ramasser des cailloux, parler avec une fille. Une matinée tranquille, sans arêtes. Thomas t'attend dans un tiroir, Guillaume. Dix jours d'attente. Il ne va pas être beau à voir. Où est-il ? Cherche...

Sous le lit d'à côté, avec son château fort en plastique jaune, il m'a donné la ferme et les animaux pour que je me tienne tranquille.

Non, dans la cabane, derrière le talus, il joue de la flûte, du Beethoven, ça parle de joie.

Enfermé dans la salle de bains avec des filles et des garçons, je regarde par le trou de la serrure mais je ne vois rien.

Une autre cabane, de fougères, il est le chef du village et les autres disent que c'est pour ça que je suis le druide. Les fougères coupent les mains quand on les arrache, certaines sont recouvertes de poudre orange, une maladie. Il faut vérifier sur la peau si elle ne nous a pas contaminés, bien observer partout, ça peut devenir grave, se compliquer. Il faut se déshabiller devant le druide, le slip aussi, sur les fesses les rougeurs attaquent. S'allonger sur le ventre, le druide baissera le slip vite fait, lui seul verra, rien à craindre. Ceux qui ne s'allongent pas auront affaire au chef. Dessous les slips sales, les fesses portent des traces de merde. Le druide est compétent, il ne les confond pas avec les rougeurs, parfois les gratte un peu pour vérifier, il chatouille les culs.

– Guillaume ? Guillaume, tu m'entends ?

Les mains du père de Cécile, son visage au-dessus du mien. Qu'est-ce qu'il fout là ? La main de mon père, j'avais demandé.

– Guillaume ! Guillaume, reprends-toi.

Mon père, il aurait pu se déplacer, il a toujours aimé les maternités, les étables, ce genre de bordel. La crèche de Noël, les plaques d'ardoise sur les maisons de pierre, « ici est né... ». Je suis fatigué, je ne veux pas aller voir Thomas tout seul.

– C'est rien, je m'évanouis souvent.

– Cécile m'a dit ça.

– Où elle est ?

– Partie voir sa mère.

Il m'assoit sur la cuvette des chiottes, s'accroupit devant moi. S'il me fait le coup du baiser sur le ventre, je lui dégueule dessus.

– Je vais vomir.

– Attends.

Il me relève, me retourne, appuie sur ma tête pour que mon dos se plie, comme quand maman me prenait la température.

– Vas-y.

Je n'y arrive pas.

– Tu as des problèmes en ce moment Guillaume ?

– Non, plus de boulot c'est tout.

Ma voix résonne dans la cuvette.

– Tu faisais quoi ?

– Je vendais des maisons.

– Ah bon, à qui ?

– Des touristes, des gens qui s'imaginaient avoir gagné un voyage de rêve et qu'en fait, je harcelais pendant une semaine.

– Tu faisais ça où ?

– Tenerife.

– Tu te sens mieux, tu crois que ça va venir ?

Le papa de Cécile s'en fout de ma vie à la con. Tout ce qu'il espère, c'est que je dégueule le plus rapidement possible, que ce soit fini pour qu'il rejoigne sa femme et ses deux enfants... Si ça vient, je me promets de tout ravaler.

– Vous bossez dans quoi, vous, déjà ?

– L'agroalimentaire...

– Ah oui, et vous employez des stagiaires ?

– Ça m'arrive, pas beaucoup, mais surtout des gens qui ont déjà une formation, tu sais...

– Vous ne les payez pas ?

– Comment ça ?

– Pas de salaire.

– Non, s'ils sont bons, ils ont la possibilité d'être embauchés.

– Combien ? Un sur dix, quinze, trente ?

– Eux ils sont en demande de stage, Guillaume, ça les forme. Je ne suis pas malhonnête.

– N'empêche que c'est dégueulasse comme formule. Des gens bossent pour vous, vous ne les payez pas et c'est impuni. À la limite, on vous considère même avec reconnaissance.

– Tu as l'air de te sentir beaucoup mieux. Je vais te laisser, tu comprends qu'on m'attend.

– Bien sûr, allez-y. Je disais juste ça pour vous prévenir.

– De quoi ?

– Qu'un jour tous les stagiaires de France vont faire une grève générale et que plus personne ne pourra travailler.

– Assieds-toi un peu dans la salle d'attente avant de repartir. Tu veux que j'appelle un médecin ?

– Non. Merci beaucoup. Ne vous inquiétez pas. Je sens que ça vient, je vais réussir à vomir.

– Passe à la maison quand tu veux Guillaume, tu verras le petit.

– Oui. Merci encore de votre sollicitude.

– Je te laisse.

– Oui. Vous repoussez la porte derrière vous ? Je vais me reposer ici.

Il la ferme. J'entends ses pas qui s'éloignent dans le couloir. Comme je n'ai plus que ça à faire, j'éclate de rire.

## 5.

Je suis assis et je lis *Le Nouvel Observateur.* Il y a d'autres revues qui m'attendent sur la table basse, j'en ai au moins pour toute l'après-midi. Une après-midi à tuer, papa se plaignait de ne pas en avoir. J'ai choisi mon fauteuil, près de la porte, dans un angle mort ; personne ne peut me deviner du couloir, de toute façon, qu'est-ce que Cécile et son père reviendraient faire ici ?

Je lis les critiques littéraires, une sale habitude qui m'a pris depuis que Thomas a été édité. Chaque ligne, je m'attends à ce qu'il soit cité en référence. Mais non. Les livres de Thomas n'ont marqué personne, je dois l'admettre. Ils ont détruit ma vie, ça s'arrête là. J'examine les maisons à vendre, sur la dernière page, Propriétés & Châteaux, *L'Isle-Adam (près) – 35 km de PARIS, RAVISSANTE MAISON fin XIXe siecle en pierres apparentes. Belle surface habitable. Réception avec atelier d'artiste, 5 chambres. Beaucoup de charme. Très joli jardin paysagé clos de murs.* Et si je décidais que je ne voulais pas rentrer seul, là maintenant. Que cela suffisait. Qu'à vingt-trois ans, j'avais autre chose à faire que m'occuper de mon frère mort. Je ne serais pas monstrueux. J'ai bien le droit, moi aussi, de compter pour quelqu'un, bien le droit de croire que quelqu'un m'attend qui m'appellera mon ange, me caressera tout le temps. Je ne serais pas monstrueux de choisir les vivants, d'aimer qui peut me voir. La monstruosité, c'est autre chose.

– C'est vous qui m'avez volé mes cailloux, je vous ai vu.

Le petit garçon est assis sur le toit de la cabane, il me regarde en fronçant les sourcils pour faire le petit garçon en colère, puis glisse sur le toboggan.

– Je peux te les rendre...

– Non, allez-y, gardez-les. Mais je vous ai vu les prendre.

– Qu'est-ce que tu fais ?

– J'attends que ma mère se réveille.

– Elle est où ?

– Dans sa chambre, ils ont sorti le bébé pour qu'elle puisse dormir.

– Elle vient d'accoucher ?

– Ce matin.

– Et t'es venu avec elle ?

– Oui. On a pris un taxi. Il avait peur que maman fasse des taches sur sa banquette.

– D'accord, d'accord...

– Tu lis quoi ?

– Rien.

– Tu t'appelles comment ?

– Guillaume, et toi ?

– Pareil.

– C'est vrai ?

– Le père de mon grand-père aussi s'appelait Guillaume, il a connu la guerre, les deux, 14-18 et 39-45. Il disait que des deux, c'était la première la plus dure. Et le tien, il s'appelait comment ?

– Mes arrière-grands-pères, je ne sais pas. On me l'a jamais dit.

– Il était boulanger, sa spécialité c'était la bite de nègre. Il s'est marié trois fois. Les deux premières sont mortes pendant les guerres. D'habitude ce sont les hommes qui disparaissent pendant les guerres, lui c'étaient ses femmes. J'ai une photo mais je l'ai pas là. Il a des grandes moustaches comme ça. Moi je connais plein de choses sur mon arrière-grand-père.

– Qui te l'a raconté ?

– Ma mère, mon grand-père, mes cousins... Tout le monde sait ça dans la famille.

– Et quoi d'autre ?

– Pendant la deuxième, il était revenu des camps de prisonniers ; c'était la fin. Les Américains bombardaient Nantes, au hasard. Les avions étaient trop haut, ils ne pouvaient pas viser. Ils détruisaient la ville comme ça, pour rien.

– Pas pour rien, pour nous aider. Ils étaient obligés.

– Non, ils ont tué des centaines de gens pour rien. Grand-père Guillaume, il voulait jamais descendre aux abris. Il y en avait aucun de valable de toute façon, sauf le tunnel du chemin de fer. Un soir, sa femme venait de poser la soupière pleine sur la table de la cuisine, il y a eu une alerte. Sa femme a fait une crise, tout un cirque, il a cédé, ils sont partis dans le tunnel. Quand ils sont revenus, on leur avait tout volé, les bijoux, la laine ; on avait même bu la soupe et avec le vin, sur la toile cirée, on avait écrit « Merde ».

J'attends qu'il sourie. En général, un petit garçon qui dit merde, il sourit. Lui non. Assis en bas du toboggan, il me regarde comme s'il était demandé au tableau. Il espère mes questions avec l'arrogance des bons élèves. Je n'ai pas de question.

– Tu fais du sport ?

– Vous ne me demandez pas si c'est une fille ou un garçon ?

– Qui ça ?

– Le bébé de ma mère.

La lumière tombe des fenêtres, dedans, le tourbillon des particules de poussière. Comme une matière vivante, un organisme qui se révèle.

– Je te prends à la course dans le parc.

Aussitôt lui ai-je proposé, je regrette. C'est con de ressortir maintenant. Je suis enfin à l'intérieur de l'hôpital, si je le quitte, je ne pense pas réussir à y revenir. Le petit garçon se lève. On y va, il dit. Debout devant moi, il sourit. Je vais le battre. Nous partons. Je suis beaucoup plus grand que lui, je ne sais pas si je dois lui donner la main.

Je m'installe dans la position du coureur, les doigts sur le gravier et le cul en l'air. Il a été décidé que nous ferions trois tours du parcours, à savoir le périmètre entier du parc, puis prendre l'allée centrale, deux tours et quart du massif de rosiers, l'allée du fond, demi-tour devant les joueurs de boules, retour vers le massif, mais là on ne tourne pas autour, on revient directement par l'allée centrale pour regagner la ligne de départ. C'est à moi de dire « Feu, partez ! ». Dans le parc, pas d'autres enfants que lui, les familles mangent. Les joueurs de boules sont toujours là, quelques couples malade-visiteur, trois infirmières qui fument près du porche. Aussi des gens qui marchent vite, le regard grave, ils traversent le parc pour rejoindre le parking. Je ne pense pas que ce soient des médecins.

– Alors ?

– Feu, partez !

Je m'élance, il ne suit pas, ou j'ai déjà énormément d'avance, je me retourne, il attend sur la ligne de départ.

– C'est : 1, 2, 3 ! Feu ! Partez !

Je reviens prendre la position du coureur. Les infirmières nous regardent avec une méprisante gentillesse.

– Bon, t'es prêt ?

– Moi je suis prêt depuis longtemps.

– Alors, 1, 2, 3 ! Feu ! Partez !

Cette fois-ci, le départ est bon. Nous courons côte à côte, aucun des deux ne veut prendre la tête, c'est une course d'endurance. Je le regarde tous les deux mètres en souriant et il me rend mes sourires. Il ne sait pas que je ne suis pas décidé à le laisser gagner. Pas plus vite qu'un jogging, nous avançons comme si nous freinions. Je crois qu'on pourrait parler, je ne me sens pas essoufflé.

– Les courses avec mon grand frère étaient plus difficiles. Surtout celles des soirs d'hiver, à travers la forêt. Il était six heures et quart, il fallait rentrer mettre le couvert. La tâche était réservée au dernier arrivé, elle m'était réservée. Dans le noir, on ne devinait pas bien les ronces. Lorsque, du champ, j'apercevais le toit de la maison, je l'entendais déjà claquer la porte du garage et la fermer à clé. Je ralentissais, pas trop pour pas que les vaches me chargent. La lumière s'allumait derrière la porte-fenêtre, Thomas s'installait devant la télé. Je sautais du petit mur, mes bottes claquaient sur les ardoises de la terrasse. Je frappais au carreau et c'était plus fort que moi, je rigolais. L'odeur de la soupe de légumes ne me faisait pas presser. J'ai toujours trouvé que c'était une odeur de vieux, de maison de retraite. L'aventure était là, dans la nuit du jardin. Maman venait m'ouvrir, j'enlevais mes habits pour dehors, je remontais en slip dans ma chambre enfiler mon pyjama. Lorsque j'étais en haut, j'entendais le couvert se mettre. Maman ne respectait jamais les règles du jeu. Elle obligeait Thomas à faire des choses qu'il ne devait pas faire. Je n'intervenais pas. En silence, je redescendais les escaliers. Je ne m'étonnais pas du couvert mis, j'allais tranquillement m'affaler sur le canapé. Lorsque Thomas me rejoignait, il me balançait un coussin. Je hurlais et maman arrivait, elle nous privait de télé. Il ne m'avait pas fait mal ce coussin, c'était le jeu de hurler. Ces soirs-là, j'aurais donné n'importe quoi pour que Thomas me dise qu'il m'aime. Il savait bien que pour la télé, je négocierais avec maman, je me dénoncerais. Mais il ne bougeait pas, ne venait pas s'asseoir près de moi, poser sa tête sur mon ventre, laisser ma main passer dans ses cheveux. Tu lui feras ça, toi, à ton petit frère, lui faire croire que tu le détestes ?

– C'est une petite sœur, il me répond, puis il accélère, juste après le demi-tour devant les joueurs de boules. Il reste encore deux tours, je le laisse prendre de l'avance. Bientôt je me sens ridicule de courir tout seul autour de ce parc, alors je ralentis jusqu'à marcher, le petit garçon se retourne pour vérifier la distance qui nous sépare, je me remets à trottiner, pas par affection, mais je ne veux pas le décevoir. Lorsque j'approche du porche, les infirmières m'applaudissent, m'encouragent, « vas-y Marie-Jo », elles se marrent. Pourquoi elles m'ont appelé Marie-Jo ? Pour me dire que je cours comme une fille, voilà. Déjà en sport, les autres me disaient ça. Je ne dois pas me vexer, je lève les deux bras en l'air et les dépasse en souriant. J'hésite à savoir si je suis fier de moi puis m'aperçois que le petit garçon entame le dernier tour, même en courant pour de vrai, le rattraper devient presque impossible. Je vais couper le fromage, je m'engage sur la pelouse et j'entends les infirmières siffler, je reviens sur la piste. Il n'est pas question que je perde. Une défaite signifierait, je choisis en prenant mon élan, que jamais je ne tomberai amoureux, que jamais je ne deviendrai un écrivain, que jamais je ne reverrai maman. Le petit garçon est trop loin pour que je prenne plus de risques. Quand j'attaque le demi-tour, un des joueurs de boules me lance « ça va être dur ». J'allonge mes foulées, c'est presque du pas chassé en ligne droite. Les coudes en l'air, je tire mes épaules vers l'avant, menton tendu. Je cours comme un malade. Le petit garçon semble ralentir. Je me persuade qu'il est essoufflé, qu'il n'en peut plus, je refuse que ce soit pour me narguer. Devant le porche, les infirmières scandent mon nom, Marie-Jo ! Marie-Jo ! Marie-Jo ! Un homme en blouse blanche les a rejointes, lui crie : Jérémie ! Jérémie ! Jérémie ! Et je me demande quel coureur se prénomme Jérémie. Mais je dois me concentrer, le petit garçon s'engage dans l'allée centrale, je n'ai plus qu'un quart de parc, même pas, de retard. Je n'aurais jamais dû accepter cette course alors que je suis nu dans mon jean, sans slip, le tissu frotte durement sur la peau. Il termine son demi-tour devant les joueurs de boules au moment où j'achève mes tours de rosiers. Son visage est rouge et les cheveux collés sur son front. Je manque de tomber en dérapant sur le cochonnet qu'ils ont mis là exprès, je dois refranchir la ligne de départ avant lui, il me précède d'à peine trois mètres. Les infirmières et l'homme se sont rapprochés, les joueurs, quelques malades, derrière la ligne, ils attendent le vainqueur en criant. À mes côtés, le petit garçon me donne un regard vide. J'attends depuis longtemps une victoire. Je ne me prive pas.

Les cris ont soudain cessé et chacun est reparti aux quatre coins du parc. Les infirmières n'ont pas embrassé le vainqueur, je m'assois sur la pelouse, près du petit garçon, nous nous reposons en silence. Puis sa main se pose sur ma main. Debout devant nous, l'homme à la blouse blanche. Il nous regarde, il nous attend. Il parle.

– Bon Jérémie, il faut y aller. J'ai fini mon service.

Guillaume qui s'appelle Jérémie retire sa main, la prochaine fois, je t'aurai, il me dit. Il monte sur les épaules de son père à qui je demande :

– Vous êtes d'ici ?

– Oui, je suis infirmier.

– Je cherche la morgue.

– Tiens Jérémie, prends les clés et va m'attendre dans la voiture.

À moi il dit qu'il m'accompagne. Avec bienveillance il m'accroche à son bras. Il est vrai que je n'ai pas repris mon souffle.

## 6.

À nouveau le cylindre rose, les marches et la cafétéria. Le père de Jérémie frappe à une porte vitrée. Avant qu'on vienne ouvrir, il me souhaite bon courage, puis au jeune homme qui ouvre la porte il dit : je t'amène quelqu'un, le jeune homme prend mon bras, me murmure que je suis le père de Lucie, mort-née ce matin, il ne m'oblige pas à répondre, il me fait entrer dans cette pièce pas plus grande qu'un bureau, je n'ai pas le temps de serrer la main au père de Jérémie. Au milieu de la pièce, une table recouverte d'un drap blanc et quelque chose est posé dessus que je refuse de voir. Le jeune homme me tape sur l'épaule, il dit qu'il va me laisser seul, qu'il m'attend dans le couloir, que j'ai tout mon temps. Alors il repousse la porte et je suis seul.

Longtemps je ferme les yeux, puis je n'ai plus confiance en mes paupières, je me cache le visage à deux mains. Je me persuade qu'il serait facile de sortir, de déclarer qu'il y a erreur, c'est la morgue des adultes que je recherche, mais je sais très bien que ce ne serait pas facile.

J'attends.

Le vrai père va bien finir par arriver. J'attends qu'on me chasse avec des injures, des regards dégoûtés, qu'on me redoute comme un fou.

Une main plaquée contre le visage, avec l'autre je fouille une de mes poches, celle aux deux cailloux, j'en sors un. À tâtons je devine le corps du bébé. Autour, le tissu est fin et il accroche, comme de la gaze. Mes doigts parviennent à de la peau, la fente de sa bouche, les narines, je ne sens pas les sourcils. Lucie devait être blonde. Pas de cheveux. Ma main redescend sur son corps, elle fouille la gaze et y dépose le caillou. Je crois qu'il est recouvert, bien caché. Je vais sortir la tête baissée, on ne me posera pas de question.

## 7.

Le soleil dans les yeux.

J'ai quitté la maternité, traversé le quadrilatère Saint-Louis, le parking. Au bout de la rue Richerand, l'eau verte presque boueuse du canal Saint-Martin. Sur le quai de Jemmapes, j'ai trouvé un banc.

Derrière moi, des bruits de moteur, des morceaux de chansons échappés des autoradios. Parfois, entre deux feux, presque du silence. Les peupliers sont encore verts, pas plus de feuilles sur le quai que les soirs de vent, l'été. Seize heures. Depuis combien de temps suis-je assis là ? Pour le moment, je n'ai pas vu de péniche. Il y a un homme avec un blouson de cuir qui pêche pas loin. Sur la berge en face, un garçon assis en tailleur révise ses cours.

La vérité est que maman est tombée amoureuse de moi. Je devais avoir dix ans, un âge comme ça, elle m'a regardé et s'est souvenue m'avoir toujours vu comme la copie du deuxième. Elle m'a trouvé plus beau que lui, voilà ce qu'elle dit, plus beau et plus rigolo, mais je n'ai pas de regret, au moins maintenant je peux t'envisager comme un autre que mon fils, je peux t'aimer pour des bonnes raisons. J'avais onze ans puisque j'étais en sixième et c'était un samedi soir, le premier numéro de *Champs-Élysées*, il fallait se dépêcher pour la douche, maman ne voulait pas rater le générique.

Un garçon passe devant moi avec un autre garçon à qui je l'entends dire « parce que je me suis renseigné, j'ai mille cinq cents francs d'APL ». Quand ils ont disparu, un nuage couvre une vingtaine de secondes le soleil. Les péniches ne doivent pas avoir le droit de circuler le mercredi après-midi. Je pense à Medhi, sa douceur me manque. Une petite Chinoise de l'âge de Jérémie, avec une fleur en plastique rouge dans les cheveux, me sourit. Je détourne mon regard, je ne veux pas me faire avoir deux fois. Le vent se lève ou peut-être les voitures derrière moi roulent plus vite. Pourtant un silence m'enferme. À coups sûrs et efficaces, je ne doute plus, je sens qu'il me perce. La défaite s'installe en moi, l'émotion.

Le vrai père ne m'a pas giflé, je n'ai pas été à la merci des injures.

L'homme au blouson de cuir range son matériel de pêche. Tout se démonte et tient dans un petit sac de sport en cuir bleu clair. Dessus, un dessin avec deux judokas. Je n'entends rien. Il n'est pas question que je m'évanouisse. L'homme s'éloigne, il pisse contre le petit mur de la passerelle Richerand. L'odeur ramenée par le vent va me réveiller. Je tente de substituer mon regard aux choses alentour. Je suis l'arbre. Je suis la montre au poignet. Je suis la fréquence de radio. L'école de briques rouges. Les terrasses. Je suis le garçon qui sourit. Penche le visage. Soulève les cheveux. Sourit. Je suis le pull dans la vitrine. Le feu qui passe orange. La chaleur. Je suis sous surveillance. Thomas. Je renonce, puisque l'unanimité est contre moi.

DEUXIÈME PARTIE

# LE JOURNAL DE GUILLAUME

(Saint-Brieuc, décembre 1995 -
Tenerife, septembre 1996)

« I
I will be king
And you
You will be queen
Though nothing will drive them away
We can be Heroes
Just for one day
We can be us
Just for one day. »

David BOWIE, *Heroes*

J'écoute Morrissey, *Used to be a sweet boy*, papa m'a offert le CD à Noël.

Dans *Le Figaro*, ils ont fait reparaître l'annonce, celle que j'avais entourée de feutre rouge, il y a dix jours.

VOUS AIMEZ LES VOYAGES
VOUS AIMEZ EN PARLER
QUE DIRIEZ-VOUS D'EN VENDRE ?

Ils n'ont donc pas trouvé assez de monde. Nous devions être près de trois cents lors des entretiens et à peine cinquante au week-end de formation. Ils nous ont lâchés le dimanche midi pour qu'on puisse profiter du réveillon. J'aurais préféré rester.

Disons que je vais m'écrire. Ne pas me lâcher.

Je suis heureux d'être en première classe. Quand papa m'a tendu le billet, ça m'a fait l'effet d'un cadeau d'adieu. À cause de la neige, je n'étais pas sûr de partir à temps, et ne pas partir signifiait perdre le job, passer l'hiver en Bretagne avec lui. Les voies furent dégagées.

Maintenant j'essaie de lister tous les imprévus qui pourraient m'empêcher de quitter la France. À part mourir d'un attentat à la bombe dans le RER, je n'en vois pas. Tant d'assurance me fait sourire. Un sourire que je travaille dans le reflet de la baie vitrée.

À partir du Mans, il ne neige plus. Le wagon est plein d'hommes d'affaires qui passent d'un compartiment à l'autre, se donnant rendez-vous pour la demi-heure suivante. J'ai cru comprendre qu'ils appartiennent à l'entreprise Yves Rocher. Et c'est assez drôle d'entendre tous ces hommes parler sérieusement de produits de beauté, des imprimés plein les mains. J'ai oublié d'acheter de la crème solaire.

Il a fallu prendre un dernier verre au buffet de la gare. Quand j'ai demandé un café, papa s'est presque énervé.

– Pas de café. Qui te dit qu'on va se revoir ?

Il a commandé deux whiskys. Il a fallu trinquer. À ta nouvelle vie, ta vie d'homme ! À nos amours, ai-je répondu, parce que je savais que tout redeviendrait silencieux. Puis dans le hall, j'ai refusé que papa m'accompagne sur le quai, après m'avoir embrassé, sans que ses lèvres touchent ma peau, juste un instant le contact de sa barbe sur mes joues, il m'a glissé une lettre ; d'abord dans la poche avant de mon jean, mais je les porte trop serrés, sa main n'entrait pas, alors dans la poche arrière.

– Allez file, a dit mon père. En me tapotant les fesses comme on le fait à un enfant pour qu'il aille jouer plus loin.

J'ai oblitéré mon billet, à l'intérieur la tristesse a pris le goût de la trouille. Tout s'est mis à mollir, à dégouliner. J'ai cherché une phrase prétexte pour me retourner, et je ne trouvais rien. Ça va aller, je vais lui dire « ça va aller » ou plutôt le lui demander. Non, c'est nul comme phrase.

– Ça va aller ?

Mon père avait disparu. Une dame surchargée de valises me répondit.

– Oui oui. Ne vous inquiétez pas. Merci bien jeune homme.

Plus rien ne m'encombre.

Je cherche mon surnom, celui que j'annoncerai aux autres quand ils me demanderont si j'en ai un. Même avant qu'ils me le demandent. Bonjour, Guillaume, mais tu peux m'appeler... Comment pourront-ils m'appeler ? Gui, Guillomette, Lolo, La pomme, Manolo... c'est nul. Molig, Mogli, Moli, Milo, Milou, Milo. C'est bien, Milo. Je me lève et m'enferme dans les toilettes au bout du wagon ; là, je dis mon nom à voix haute pour la première fois, je dis Milo, et ça fait Mignon. Milo, Mignon. Personne ne me reconnaîtra.

De retour dans le compartiment, je m'essaye à la signature. La lettre de papa, je la lirai dans l'avion, quand revenir en arrière sera impossible. C'est assez exaltant d'écrire ce genre de phrase, « revenir en arrière sera impossible », c'est assez drôle d'être un héros.

J'ai peur soudain que Thomas soit à l'aéroport. L'image de ses bras ouverts en haut d'un escalator, son sourire, sa bienveillance. Le billet d'Air France qu'il tient dans sa main droite. Ses mots, je t'accompagne. Il fouillera dans mon sac, en ressortira les CD que je lui ai volés. Petit salaud, il dira. Il ne faudra pas que je fonde en larmes, comme si rien n'avait eu lieu. Je lui serrerai la main, une tape sur l'épaule, des gestes de frères. Je ferai les questions et les réponses. Oui, avec papa nous avons reçu ta nouvelle adresse, tu n'avais pas mis de téléphone, nous avons pensé que tu ne voulais pas être dérangé. T'as pris du ventre, non ? Une petite tape sur le ventre de Thomas. Peut-être mes doigts refuseront de s'arrêter là, peut-être qu'ils chercheront à percer la peau, s'enfoncer dans la chair, avec une violence telle que ma main bientôt sera en lui, qu'elle remontera jusqu'à la cage thoracique, crochera dans ses poumons et tirera vers le bas pour tout arracher.

Quand le conducteur annonce l'arrivée à Paris, les hommes d'Yves Rocher ne se parlent plus, les dossiers ont été rangés dans les cartables. Ils cherchent le sommeil en lisant *Grandes Lignes, Le magazine du TGV*. Ceux que je peux voir portent l'alliance à la main droite.

Je n'arrive pas à écrire parce que tout se passe trop vite. À Orly, nous étions trente à partir, les cinq premières rangées de l'avion. J'étais coincé entre deux filles, Gwen et l'autre je ne sais plus son prénom. Elles parlaient beaucoup, je n'ai pas lu la lettre de papa. Sur le parking de l'aéroport à Tenerife, un minibus nous attendait, puis à la résidence, un cocktail. Un appartement pour deux pendant quinze jours, nourris aussi, après à nous de nous débrouiller. Je suis avec Medhi, nous avions déjà partagé la chambre d'hôtel pendant le week-end de formation à Deauville. Demain il y a une arrivée, tous les samedis. Les nouveaux ont une semaine pour observer en binômes. Mais Gwen est passée tout à l'heure à l'appartement pour m'annoncer que je prenais deux clients. Donc Gwen n'est pas une nouvelle. Je suis une cafardeuse, elle me glisse, et je pense qu'elle voudrait dire cafteuse. Déjà lors du recrutement, ils l'ont fait passer pour une candidate, elle repérait les profils. Je ne peux pas m'empêcher de penser que j'ai le meilleur profil, et je le demande en rigolant.

– Non, je t'ai choisi parce que t'es le plus beau. Puis elle ajoute qu'il faut le cacher aux autres, que demain matin elle passera me briefer, qu'il ne faut même pas en parler à Medhi. Puis elle m'embrasse. Medhi était dans la salle de bains, je pense qu'il a tout entendu. Plus tard, lorsque nous remonterons de la plage, il lâchera « J'aime pas cette conne ! Méfie-toi Momo... » et je rigolerai.

Le sable, gris et dégueulasse. Nous nous sommes mis pieds nus. Medhi avait été chiner un ballon à l'équipe d'animation, la partie de foot, c'était son idée et comme je ne savais pas trop si j'avais envie de retrouver les autres au bar de la résidence, j'ai dit oui.

Ici les palmiers rachitiques poussent au milieu des plages ; entre deux, Medhi a fait le goal. Nous nous sommes mis torse nu. Medhi laisse tout passer et mes pieds brûlent, le ballon est trop dur. Rapidement nous

nous allongeons dans le sable, nous racontons nos vies. J'écoute.

– Je viens de Toulouse, ma mère est bretonne. J'ai un DUT de mesures physiques et une maîtrise de thermoélectrique. Je suis là à cause d'une fille qui m'a laissé tomber. Une fille plus âgée, on s'est rencontrés cet été, à Arcachon, on s'est pas lâchés pendant un mois, on baisait au moins six fois par jour. Puis elle est retournée sur Paris, elle téléphonait souvent, des lettres aussi. On se voyait un week-end sur deux, elle descendait, elle payait l'hôtel, des hôtels classe. J'ai voulu monter à Paris, mon prof de DEA enseigne aussi là-bas, j'ai voulu habiter avec elle. Elle a dit non, que ça compliquerait, qu'on serait moins heureux. Je l'ai pas crue. Le lendemain de Noël, j'ai quitté Toulouse pour débarquer chez elle. Un mec m'a ouvert la porte, son mec. Alors j'ai lu l'annonce dans *Le Figaro* et voilà. Je pensais que Tenerife était dans le Pacifique Sud, ça me fout les boules d'être encore si près de la France.

Puis, juste avant qu'il me parle de Gwen, alors que nous passons devant deux énormes statues de guerriers appuyés sur leurs lances :

– Cette femme, c'est un homme. Il s'appelle Jérôme.

Après, je lui ai demandé comment tient la mèche au-dessus de son front. Il est coiffé à la Chris Isaak. Il m'a répondu que ça tient à la nature de ses cheveux. Avec ses yeux doux et son sourire à fossettes, je le trouve beaucoup plus beau que moi. Gwen s'est trompée. Nous avons trouvé un bar, *El Cactus*. Medhi m'a interrogé et j'ai répondu que je couchais aussi parfois avec des garçons,

Medhi s'est foutu de ma gueule à cause du parfois, affirmant que la bisexualité n'existait pas, j'ai ri avec lui. Puis j'ai choisi de mentir et j'ai avoué que les garçons, non, jamais. Nous sommes revenus silencieux à la résidence.

Je ne lirai pas la lettre ce soir, j'ai peur de ma réaction, je ne veux rien avoir à expliquer à Medhi. Je fouille dans mes CD.

– Il va falloir qu'on achète un lecteur, Momo. C'est con si on a que ton walkman.

Deux heures, je ne dors pas. Dans le noir, Medhi s'est levé, une douche, s'est habillé et il est sorti en fermant doucement la porte. J'ai fait semblant de ne pas me réveiller. Si Medhi était un cafteur...

« Auras-tu le courage de lire cette lettre ?

J'ai un peu peur que tu la jettes dès que j'aurai le dos tourné. Peur que pendant le décollage, tu décides de m'oublier, même peut-être sans le décider, que les choses soient pour toi comme si je n'avais jamais existé. En même temps, ton départ me rend heureux, calme. Il ne faut pas m'en vouloir, ça ne veut pas dire que je ne t'aime pas, mais tu comprends, nous ne pouvions pas continuer à vivre ainsi. Je vais partir aussi Guillaume, ne m'envoie pas de lettres à la maison, de coups de téléphone, je n'y serai pas. De toute façon tu es bien suffisamment grand pour te débrouiller sans moi. Et si je te manque un jour, ça passera. J'ai réglé mes affaires, la maison est vendue au fils de la boulangère, il s'installe à la fin du mois avec sa femme et ses deux enfants. Le labo photo aussi, c'est Antoine qui va le reprendre. J'arrête tout. Avec l'argent des ventes, je t'ai acheté un appartement à Paris, après-demain tes affaires vont être déménagées là-bas. C'est plutôt bien tu verras, près de Bastille, deux pièces, 54 m$^2$. Tu devrais t'y plaire, tu as toujours voulu habiter à Paris. Les clés sont chez la concierge, elle est au courant, quand tu décideras de rentrer, tu lui montres ta carte d'identité et c'est bon. J'ai prévenu Thomas, je lui donne la maison de l'Ile Grande, je ne veux pas qu'il y ait de jaloux, je ne veux pas qu'on me reproche quelque chose. Moi, je ne te dis pas où je vais, je fais comme ta mère tu vois. Finalement Thomas avait raison, nous sommes des parents indignes... Je rigole. Tu sais aussi bien, sinon mieux que moi, que vivre ensemble nous torture trop, que ce n'est pas ça la vie.

Profite bien du soleil, mon fils, des filles et de ta liberté. Je ne crains rien pour toi, tu es plus fort que nous.

Je t'embrasse fort.

Papa

PS : J'ai mis de l'argent sur ton compte, tu as de quoi voir venir. »

Je ne sais pas quoi écrire.

Medhi n'est pas encore là. J'expliquerai à Gwen que je ne peux pas. Il faut que je rentre. Tout de suite ? Oui. Mon père est mort, je dirai. Ils n'ont pas le droit de me garder, je n'ai rien signé. Mon sac est prêt, je ne l'ai pas défait. Puisqu'il y a une arrivée demain, il y a forcément un vol retour sur Paris.

Quand Gwen regarde ma fiche, « cinquante ans, pas d'enfants », elle dit que c'est la vente assurée.

Les clients sont un couple d'Alsaciens, ils ont gagné le voyage en achetant de la moquette, ils ne veulent pas d'excursions, aucune, la femme a mal aux jambes, ils veulent juste que je trouve deux autres personnes pour jouer au tarot ; je sais jouer, je dis. « Parfait, nous serons cinq. » « Ça commence très mal pour toi », m'a annoncé Gwen.

J'ai joué toute la soirée dans le hall d'accueil de la résidence, nous avons joué à trois ; les autres sont partis faire la tournée des bars avec leurs clients. À neuf heures trente, M. Wilms a dit « ça suffit ! », il a rangé les cartes dans la boîte cabossée, Mme Wilms a compté les points. J'avais gagné, ils sont montés se coucher en me faisant la gueule.

J'écris dans la salle à côté du restaurant, celle des petits déjeuners. J'ai dû pousser une tasse, relever la nappe blanche, j'écris sur un coin de table. Tout à l'heure une cuisinière est passée près de moi et elle m'a posé la main sur l'épaule en me demandant si ça allait.

– Oui, bonsoir...

– Vous n'allez pas vous mettre à pleurer ?

– Non, pourquoi ?

– Vous avez la tête d'un garçon qui va se mettre à pleurer.

Sa main a caressé mon cou.

– Vous êtes là depuis longtemps ?

– Je suis arrivé hier soir.

– Il faut pas rester, mon petit, ils sont fous. Tu ne tiendras pas.

J'ai fait si de la tête, la cuisinière est partie en soupirant. Quel âge a-t-elle ?

J'ai repéré un flipper près du café Maure, il n'est pas cassé, il suffit de le brancher et de l'allumer, Nicolas de l'animation me l'a dit. Je pourrais jouer longtemps, les autres ne seront pas là avant, avant quelle heure ? Non, je suis venu ici pour écrire, je dois continuer. Ces lignes vont me forcer à l'aventure, aux sentiments. Je cesserai quand les images auront disparu. Je suis à moi, sans souvenir à cerner, sans détails. Tout tient là. Surtout ne pas céder à la fiction, pas de brouillage à la Thomas ; papa a bien fait, il a éclairci la situation, je ne compte plus que pour moi. Sans famille, comme le dessin animé de mon enfance.

Demain, c'est visite obligée, pour tout le monde, au volcan du coin. Ça m'étonnerait que les Wilms nous accompagnent. Comment faire pour perdre au tarot ?

Ce matin, les Wilms ont refusé de se rendre à la vente. Georges Attal, le chef de la ligne de vendeurs, m'a fait savoir qu'il n'avait jamais eu un refus de sa carrière. Les Wilms n'ont pas cédé. J'ai été convoqué dans le bureau du big boss, Scott Walter. Un garçon d'à peine vingt-cinq ans qui porte un pull troué aux coudes. Dans le bureau, personne n'a parlé. J'avais l'impression de passer une visite médicale. Une visite qui durait des heures. Attal et Walter me regardaient, se regardaient, souriaient, de nouveau me regardaient. Là, j'ai eu honte de ma peau blanche, mes cheveux courts, mon jean et ma chemisette, ma gravité. Walter lâcha des mots au ralenti, il ne remuait pas les lèvres, les gardait ouvertes dans un sourire ou un bâillement.

– C'est fun d'être ici... tu peux gagner beaucoup... d'argent... T'as le soleil... Il faut juste se remuer le cul... Alors tes Alsaciens... tu vas me faire le plaisir de les closer... un maximum... T'as quatre jours pour qu'ils tombent...

Ils m'ont laissé partir. Ma chemisette était trempée de sueur, je me suis mis torse nu. Gwen m'a fait remarquer que j'étais vachement bien foutu.

Grande discussion avec les Wilms sur le scoutisme. Je raconte les week-ends de mon enfance passés à construire des abris, allumer des feux, faire des courses d'orientation, nettoyer des rivières. Le visage de M. Wilms s'éclaircit. Je m'emballe, j'invente des projets de construction d'un puits au Liban, de restauration d'une chapelle dans le Vercors. J'énumère des BA, les yeux baissés et le rouge aux joues... À dix-huit heures, M. Wilms insiste pour payer l'apéro.

Medhi m'a prévenu qu'il ne couchera pas là ce soir.

Je téléphone chez moi. La ligne a été coupée. À l'Ile Grande, personne ne répond. Promenade de nuit dans la résidence, une maison vide. Sous l'eau de la piscine, les lumières n'ont pas été éteintes. Les transats sont pliés et rangés.

Quand j'ai rejoint les Wilms pour la partie d'après sieste, un REP était déjà assis avec eux. À partir du mercredi, les clients sont à tout le monde. Dès que Mme Wilms m'a aperçu, elle s'est levée et m'a entraîné vers le jardin. Elle a dit qu'une petite promenade nous ferait du bien.

– Toi, tu restes ou non ?

– Évidemment que je reste, pourquoi tu me demandes ça ?

– Ils sont dix-neuf à dire qu'ils retournent en France, ils ont déjà réservé leurs billets.

– T'en fais partie ?

– Je sais pas.

– Écoute Medhi, qu'est-ce qui t'attend, toi, là-bas ? Hein ? Rien. On est d'accord. Personne ne nous attend. Ici on a la possibilité de gagner plein de fric, de s'acheter ce qu'on veut, de vivre comme on veut, sous le soleil en plus. T'imagines, on est en janvier. À Paris, il doit pleuvoir tous les jours, si ça se trouve il neige...

– T'en as gagné du fric, toi ? Non. Je suis désolé mais non. T'étais le seul d'entre nous à avoir un client pour toi, un vrai, un couple qualifié en plus et t'as pas gagné. Dans une semaine, ils nous virent de la résidence. Où on va aller sans argent ? Dormir sur la plage ? Génial ! Génial... Alors partir maintenant ou dans une semaine, sincèrement, ça change pas grand-chose.

– Je reste. J'ai de l'argent d'avance. Je peux payer le loyer pour deux. On finira forcément par gagner.

– Si je reste une semaine de plus, je dépense le fric

qui me permet de payer mon billet d'avion... T'es pas sorti d'ici, toi Guillaume, mais il faut voir les mecs qui traînent. Putain, j'ai pas envie d'être un clodo dégueulasse sous le soleil !

– Mais personne te dit que tu vas être un clodo. Faut qu'on se mette à bosser, point barre !

– Tu parles déjà comme eux.

Gwen nous invite à dîner chez Domingo, un Vénézuélien qui tient la pension *D'Al Cala*. Nous nous bourrons la gueule et finissons par chanter *L'Internationale* en français, en espagnol puis nous la traduisons en anglais sur la nappe de papier : « *It's the ultimate fight. Get up and tomorrow, the international will be the human kind !* »

J'entrais pour la première fois dans leur appartement. Les valises étaient bouclées, alignées devant la cuisine américaine. M. Wilms était installé à la table. Il m'invita à m'asseoir en face de lui. Je vous laisse seuls, a murmuré Mme Wilms en fermant délicatement la porte.

– Alors mon garçon, j'ai le choix entre quoi et quoi ?

M. Wilms a opté pour la formule or, dix jours dans une résidence de son choix, quelle que soit la période, pendant quatre-vingt-dix-neuf ans. Il a voulu tout me régler, sans passer par le T.O. Comptant. Cent dix mille francs. Attal n'en est pas revenu quand je lui ai remis le chèque entre les mains. Les vendeurs, on touche quarante pour cent du dépôt.

– Et il a signé ?

– Ben non, j'avais pas de dossier, il vous attend dans son appartement.

M. et Mme Wilms m'ont cherché longtemps. Ils sont partis sans me dire au revoir. Pendant que la navette rejoignait l'aéroport, j'ouvrais un compte dans une banque à Los Christanos.

Il pleut. Medhi est allongé sur mon lit. Il dit qu'il va vomir puis qu'il va pisser. Je sors le paquet du placard.

– C'est un cadeau.

– Pourquoi ?

– Ma première paye... Allez, prends-le.

Medhi découvre le poste, énorme. Un ghetto blaster.

– J'ai mis des piles. Tu peux l'essayer.

– Viens.

Medhi s'empare d'un CD puis il m'entraîne hors de l'appartement. Nous nous déshabillons et plongeons nus dans la piscine.

– My Bloody Valentine, ça s'écoute sous l'eau !

Le poste est posé sur le plongeoir. Quand nous reprenons notre souffle, l'air est plein d'un son qui rend fou. Il faut replonger pour que la musique devienne du pur bonheur. Medhi finit par vomir. Il a peut-être aussi pissé.

Le vieux monsieur ne parle qu'espagnol, je ne comprends rien. Je lui fais écrire la somme dans le gravier du jardin. Deux mille francs la semaine. Trois chambres, un super grand salon. Il faudra des voitures, la maison est à cinq kilomètres de la résidence, dans la montagne. Je dis oui. Ce matin, trois couples de clients m'ont été confiés.

Medhi choisit la chambre du bas. La plus petite. Il dit que je lui fais peur, que ça l'effraie tout l'argent qu'il va me devoir. Je pourrais lui dire qu'il ne me doit rien, que je préférerais qu'il vienne coucher avec moi là-haut, que la pièce du bas, je pensais en faire un bureau mais je lui annonce le loyer. L'autre chambre, je pense que Gwen viendra bientôt l'occuper. Je programme en boucle *California Dreamin'*, la meilleure chanson pour faire du ménage. Medhi me sourit beaucoup malgré sa peur.

Quand je me gare devant la maison, Medhi n'en revient pas. Il faut que je lui ouvre la portière pour qu'il sorte de la voiture. Je vois bien que ses yeux sont rouges, je pourrais le prendre dans mes bras, il m'embrasserait. Nous visitons chaque pièce, il me tient la main. Il s'inquiète du prix et je lui réponds de ne pas s'inquiéter. Il me demande où il peut poser ses affaires. Il veut que je décide pour lui. Et je prends peur soudain, je lui indique la chambre du bas. Il s'installe sans rien dire.

Semaine du 15 janvier au 21 : 19000 francs.

Semaine du 22 janvier au 28 : 34000 francs.

Semaine du 29 janvier au 4 février : 34000 francs.

Semaine du 5 février au 11 février : 8000 francs. (Carnaval, déguisés en Chevaliers du ciel avec Medhi.)

Semaine du 12 février au 18 février : 48000 francs.

Semaine du 19 février au 25 février : 0 : vacances à Gomera avec Gwen.

Semaine du 26 février au 3 mars : 17000 francs.

Mars : 58000 francs.

J'ai laissé passer trop de temps sans écrire. J'oublie pourquoi je suis là. Il faut que je me force à raconter.

Les managers boivent des Ricard au comptoir du bar. Gwen arrive la première, elle pose ses affaires sur les chaises de ses clients, elles sont réservées. Elle file se remaquiller aux toilettes.

Medhi me cherche du regard, il n'ose pas demander à Attal s'il m'a vu, il a besoin de boire avant le débarquement.

Gwen et moi l'appelons de l'étage, son visage reprend des douceurs d'enfant.

Flipper. Soleil. Chacun paie sa tournée.

Medhi sort un nouveau truc à fumer. Congolais, zaïrois, péruvien, australien, polonais... C'est dégueulasse et sans effets. Nous rions.

Medhi soulève un pull, retire une veste, il a acheté une nouvelle fringue. « Un peu trop tarlouze, hein ? Ça va pas passer... » Bien sûr que ça va passer, Medhi est le plus beau des REP.

Erwann arrive avec ses clients, il ne lâche pas. Short colonial. Chemise en soie orange. Un foulard représentant le drapeau américain est noué sur son crâne.

Donat demande au patron de ranger sa guitare derrière le bar. La ligne 5 des vendeurs est au complet, Attal peut s'absenter. Il repassera dans deux heures.

Les clients s'assoient. Trente. On manque de place, il faut se serrer. B52 pour tout le monde. Les femmes toussent.

Pizzas ou salades composées : la même nourriture,

cuite ou crue. Le service traîne, B52 à nouveau. Ceux qui demandent un verre d'eau sont à l'amende, un gage, ils doivent retirer une de leurs fringues.

Un micro sans fil circule, on chante ou on raconte une blague. Medhi ne sait pas chanter, il ne connaît pas de blagues. Erwann demande un strip. Les clients de Medhi, des couples d'hommes, l'encouragent. Debout sur la chaise, torse nu. Debout sur la table, le pantalon glisse, Medhi porte un slip blanc, il bombe les fesses. Arrivée de la première pizza, il file aux chiottes se rhabiller. B52.

On commence à chanter. Donat va prendre sa guitare, il ne la prête pas. *J'entends le loup, le renard et la belette*, *Jeannetton prend sa faucille*, *Dans les prisons de Nantes*, *Le petit vin blanc*. Une cliente chante *Le temps des cerises*. B52. *Ceux qui sont nés au mois de janvier, debout, debout, debout.*

Je prends Medhi par le bras.

– C'est mon petit frère, vous trouvez pas qu'on se ressemble ?

Les clients disent oui. Les clientes disent, dans le regard, oui. J'embrasse Medhi sur la bouche puis je lève mon verre pour un toast. Tout le monde boit cul sec.

*Stand by me*, personne ne connaît les paroles, on reprend le refrain en chœur, bras dessus bras dessous. Sous la table, Gwen retire ses tennis. Des joints circulent. Erwann se lève, il s'approche de Gwen, la prend sur l'épaule. Elle crie. Quand elle ressort de la piscine, je vois ses seins collés au tissu. Toutes les femmes y passent.

Certaines vomissent. Des hommes plongent nus. On reste au bord, sur des transats. Herbes.

Retour d'Attal. Il annonce qu'il paye un verre à la boîte de la résidence. On le suit. Les B52 alignés sur le bar sont moins forts qu'à la pizzéria. On danse. Torses nus. En culotte. Nus. C'est soirée mousse. La baise prend.

Je parviens à regrouper mes clients dans un coin. En slip, je leur parle du bonheur de vivre, de la vraie vie. À deux heures du matin, je les lâche. Rendez-vous demain, à dix heures, pour la vente. Je sais déjà combien tomberont.

Je cherche Medhi pour rentrer, je ne le trouve pas. Gwen attend dans la voiture. Je me gare devant la maison. Je la porte jusqu'à sa chambre. Je redescends dormir sur la terrasse.

Le dimanche d'après ça recommence, le même rituel, la même mousse.

Écrire m'ennuie.

Medhi vient de sortir de ma chambre. Je l'entends qui descend et marche sur la terrasse. Ma fenêtre ouverte laisse entrer l'odeur de sa cigarette. Je devrais le rejoindre, m'asseoir à ses côtés. Je sais qu'il n'est venu que pour ça, ce geste dont je me prive. Au lieu de ça, j'écris.

Je me force à penser qu'il est venu me parler d'un homme qui le paie très cher pour des visites quotidiennes. Je dis visite mais Medhi dit séance.

– Il est persuadé que je suis Joey Stefano ou sa réincarnation.

– C'est qui ?

– Un acteur de porno gay mort depuis plusieurs

années. Il dit que je lui ressemble. Moi je dis rien, il me paie vachement cher.

– Mais vous faites quoi ?

– C'est chiant, c'est toujours la même chose. On se mate une vidéo avec ce fameux Joey Stefano, puis il me coiffe et m'habille comme lui, il recrée l'ambiance du film et on se refait la scène qu'on vient de voir.

J'ai déjà vu un film avec Joey Stefano, c'est la première star passive du porno gay. Après avoir joui, il lèche toujours son sperme.

– Et tu trouves pas ça limite, toi, de se branler sur l'image d'un mort ?

Medhi ne m'a pas répondu. Il a détaillé la pile de livres au pied de mon lit. Il a sorti un disque de Prefab Sprout, il a programmé *Cars and Girls*.

– J'ai un peu peur Momo, je crois que cet homme me traque, il me surveille, me suit partout dans l'île.

Puis il est sorti de ma chambre. Paddy McAloon chante :

– *But look at us now. Quit driving, some things hurt more much more than cars and girls. Just look at us now, start counting, what adds up the way it did when we were young ? Look at us now, quit driving, some things hurt more much more than cars and girls...*

Quand je déciderai de me pencher à la fenêtre, Medhi aura disparu.

Il y a une Coccinelle rose garée près de la Porsche rouge d'Attal. Je me range sur l'autre bord du sentier, mon tee-shirt est sale. Je l'enlève, le roule, m'essuie les aisselles avec et me dirige torse nu vers la porte d'entrée. Attal m'appelle de la terrasse qui sert de toit.

– Monte Guillaume !

Il y a la femme d'Attal allongée sur le ventre, elle tend la main sans se relever. Elle est nue, elle dit qu'il faut profiter des derniers rayons, qu'à cette heure, le soleil est le meilleur ; je me demande quelle heure il est, je ne porte pas de montre. Attal est descendu chercher l'apéro, il remonte rapidement avec un plateau sur lequel sont préparés trois verres de whisky, une pipe et de l'herbe.

– On t'attendait.

Il me demande de préparer la pipe, il s'assoit près de sa femme, la caresse avec son verre. Elle crie que c'est froid puis elle crie plus. L'herbe est à tomber, très parfumée, très puissante. J'inspire peu, je n'oublie pas pourquoi je suis là, Attal me doit de l'argent. J'ai peur. Je ne sais pas vraiment de quoi, ne parviens pas à désigner ce qui me menace, juste en moi, je sens la peur. Attal sourit beaucoup, il redescend remplir les verres. L'herbe commence son travail de sape.

Je suis allongé sur le dos de la femme d'Attal, mon short et mon slip bloquent mes chevilles. Je sens mon sexe remuer et des mains qui m'écartent les fesses, me caressent l'anus. Les doigts sont enduits de gel, ils creusent à l'intérieur de moi. Par-dessus mon épaule, je cherche à voir la bite d'Attal, elle est ridicule, tordue comme un « t ». J'ai dû faire un sourire qui ne lui a pas plu puisque j'entends maintenant le bruit des claques sur mes cuisses. Je me retourne vers le dos de la femme d'Attal, elle tend son visage sur le côté, elle a la bouche ouverte, je crache dedans. Elle referme la bouche en léchant ses lèvres, puis elle l'ouvre à nouveau. La bite de son mari me blesse. Je me laisse faire, c'est moi qui donne le rythme.

J'ai demandé à prendre une douche. Enfermé dans la salle de bains, j'ai vidé tous les flacons de parfum dans le lavabo. La douche était froide.

– Je te pose l'enveloppe sur la table du salon, Guillaume, tu peux la prendre en partant.

... C'est nul

Je ne suis pas près d'écrire un roman noir.

J'ai oublié quel cadeau d'anniversaire j'ai offert à Thomas pour ses douze ans. Ses treize ans. Ses quinze ans. Comment ai-je pu oublier ça ?

Thomas avait une odeur aigre, de draps sales. Je m'enroulais pourtant autour du cou ses écharpes, je portais ses manteaux, ses gants. Thomas n'avait pas bon goût, un peu plouc. Et dans ce mauvais goût que j'affichais, inhabituel chez moi, dans la chaleur qui me prenait, cette épaisseur, je découvrais l'idée d'être invulnérable et seulement là. Thomas gueulait.

– Merde ! T'as assez de fringues. Putain, il me pique toujours tout ! En plus t'abîmes.

Ce bonheur d'être reproché par son grand frère.

Ce soir à la coopérative, le patron était absent. Sa mère le remplaçait. Elle ne parle pas français. Depuis mon arrivée ici, je n'ai pas été capable d'apprendre quelques mots d'espagnol. Pour lui faire savoir que je désirais des pains, je suis passé derrière le comptoir et je les ai désignés du doigt. La vieille a pris peur, pensant sans doute que je voulais lui voler la caisse. Elle m'a menacé d'un couteau. Je me suis enfui sans prendre la peine de lui expliquer mes bonnes intentions.

Je passe des après-midi affalé sur un transat à chronométrer combien de temps je peux fixer le soleil sans cligner des yeux.

Aurai-je des enfants ? Suis capable d'en avoir ? Un jour, se jettera-t-on dans mes bras en criant papa ? Puis-je seulement protéger quelqu'un qui serait de moi ?

Je me suis couché tôt, les autres boivent sur la terrasse. Ils n'entendent pas la sonnerie. Je me lève pour décrocher. C'est Medhi. Il pleure, sa voix tremble.

– Qu'est-ce qu'il t'arrive ?

– Guillaume, viens me chercher s'il te plaît. Viens.

– T'es où ?

– Je sais pas. J'ai... Il m'a...

– T'es dans un bar ? Au bord d'une route ? Medhi ? Parle-moi !

– Je peux... Je peux pas, je peux pas.

– T'es sur la côte ? Où ?

– Plage des Américains... Près du *Vertigo*.

Le crâne de Medhi est rasé et couvert de fines coupures, des filets de sang séché. Je le serre dans mes bras puis l'entraîne dans la voiture, je l'installe sur le siège passager. Avant de rejoindre ma place, j'ouvre le coffre, en sors une casquette de basket. Je la tends à

Medhi, je souris puis je démarre. Je ne pose pas de questions.

Des plaques de café moulu tapissent le fond de l'évier. Dans le frigo, pas de lait, ni de Coca. L'eau du robinet est tiède et opaque. J'hésite à retourner me coucher. Quinze heures trente. Il faudrait descendre faire les courses, il n'y a plus une seule voiture à la maison. Il faudrait échapper au silence, allumer la télé. Sur TV5, je reconnais le visage d'Anouk Aimée. Le film est en noir et blanc, Nantes en ville fantôme. Lola porte un imperméable ceinturé à la taille, un petit garçon blond dans ses jambes. Elle parle avec un homme qu'elle n'a pas vu depuis...

« Ça fait au moins dix ans ?

« Plus, depuis la guerre. Après on a dû se rencontrer, un jour, comme ça, très vite, mais c'est tout. Oh non, je t'aurais pas reconnue.

« Toi tu n'as pas changé.

« Tu trouves ?

« Si peu, tu sais... Tu vas par où ? Par là ou par là ? Parce que moi je vais par là...

« Par là.

« Yvon, viens ici... Mon fils, dis bonjour.

« Bonjour monsieur.

« Tu es mariée ?

« Non, enfin presque. Ça me fait plaisir de te voir. Tiens, mets ta main. Tu te rends compte ? J'ai le cœur qui bat à se rompre. Et toi ?

« Quoi ?

« Tu es marié ?

« Ah non... Et c'est drôle qu'on ne se soit jamais rencontrés.

« Ça fait longtemps que j'ai quitté la ville, tu sais. Je voyage beaucoup. Je danse. Je suis là seulement depuis trois jours... Quelle heure est-il ?

« Six heures et quart.

« Oh, je dois te quitter... Yvon, viens ici. Regarde tes mains, tu vas être propre, je te jure. Tu peux pas rester tranquille, non ? Oh, je n'ai même pas eu le temps de m'habiller. Je suis encore en maillot. Oh, j'ai un trou. Ah, il faut absolument qu'on se revoie.

« Quand tu veux.

« Là, je suis pressée, j'ai couru les magasins. J'emmène le petit au cours. Ce soir tu es libre ?

« Oui.

« À huit heures devant le théâtre.

« Huit heures, d'accord.

« Oh je suis toute émue. Je t'embrasse. Je t'ai mis du rouge ? Non. Oh pardon. À ce soir. »

Je descends à pied de la montagne. Ça fait presque deux mois que je n'avais pas quitté la maison. Je ne travaille plus à la résidence. J'achète *Le Monde* de la veille. J'apprends qu'en France, les forces de police ont évacué trois cents Africains qui occupaient l'église Saint-Bernard depuis cinquante-trois jours. Lorsque je remonte, je prends la décision de rentrer à Paris. Je me dis qu'après tout, je n'ai pas vraiment peur de mourir.

Je saute par-dessus la clôture, la porte du garage est ouverte, le garage est vide, j'entre dans la maison. Il n'y a personne dans la salle du bas, je monte l'escalier. Personne dans la salle de bains, ni dans la chambre. La femme d'Attal bronze à poil sur la terrasse. Quand je m'approche d'elle, elle me sourit, me désigne un transat à ses côtés et retire les écouteurs de son walkman. Je ne m'assieds pas.

– Votre mari me doit de l'argent. Vous allez me le donner.

Le sexe de Mme Attal est rasé et pas ses aisselles.

– Quel argent ? Faut que tu voies ça avec Georges, moi je suis au courant de rien.

– J'ai au moins huit ventes impayées, presque soixante mille francs, j'en ai besoin.

– Va à la résidence, il doit être là-bas.

– Non, vous allez me donner une avance.

– Je n'ai pas d'argent ici, qu'est-ce que tu crois ? Vous m'emmerdez avec vos histoires. Si Georges te doit du fric, réglez ça entre vous.

Je me penche doucement au-dessus du transat, je m'empare du walkman, me dirige vers la corniche. Tendre la main, lâcher. Le walkman tombe sur les graviers de l'entrée.

– Mais t'es complètement con ?

– Je veux mon argent.

– Bon ça suffit maintenant, Guillaume. Tu te casses ou je téléphone à Georges. C'est compris ?

Elle tente de m'échapper, mais je la saisis par le bras, le lui tords et le maintiens derrière son dos, elle couine. Comme elle se débat, nos peaux se frottent, c'est lisse et graisseux, l'ambre solaire. Je pose ma main devant sa bouche, plus pour l'impressionner que pour le bruit. Je la pousse à l'intérieur de la maison, elle laisse traîner ses pieds qui s'écorchent contre le ciment rose. Je pense que l'argent est dans la chambre. Je la jette sur le lit, elle me regarde terrifiée.

– Donne-moi tout ce qu'il y a.

– Mais il y a rien Guillaume, je te jure qu'il y a rien.

– Ton argent à toi. Ton porte-monnaie.

– D'accord. On va descendre. On va trouver mon sac à main, une solution. Je descends avec toi.

Elle vide tout devant moi, sur la table du salon. À peine deux mille francs. Je repère une enveloppe sur la télé.

– C'est quoi ?

– Non, on ne peut pas, c'est pour la femme de ménage, c'est son mois. Elle est pauvre.

Je fourre l'enveloppe puis les billets dans les poches de mon short, je me sauve en courant.

Je redescends vers Los Christanos, la somme couvre mon billet d'avion. La fille de l'agence me propose une first classe, à l'œil.

Je gare la voiture sur un parking en front de mer et je reste là à attendre la nuit, les bras croisés sur le volant. La plage est vide, deux garçons jouent au foot, ils ont fait les buts avec leurs chaussures. Dix-neuf fois le ballon va à l'eau, dix-neuf fois ils s'engueulent et éclatent de rire. Quand leurs yeux se sont fatigués de la lumière des lampadaires, ils s'assoient sur le muret qui longe la côte. Ils portent des maillots de basket de Phoenix et Pistons. Leurs mains se touchent, ils dessinent des messages secrets à l'intérieur de leurs paumes.

Medhi est endormi sous le drap, sur le côté, en boule, un chat. Ses deux bras appuyés contre ses oreilles et ses mains jointes dans ses cheveux. C'est un garçon qui me plaît. Je me déshabille entièrement, je sais ce que je fais. Je n'ai pas fumé, bu, juste aimant. Je me blottis tout contre lui et ce contact de nos peaux, cette chaleur nouvelle, douce, je pense : comment avons-nous pu nous en passer si longtemps ? Ses fesses au creux de mon ventre, nos cuisses collées, nos épaules, nos corps ainsi en parenthèses, deux petites cuillères. Medhi ne se retourne pas, il saisit mes mains, il se soulève pour que mes bras lui entourent la taille, mes mains se posent sur son ventre, il ne me lâche pas. Il se cambre si peu, le mouvement de ses hanches est si doux, mon sexe entre en lui, et je pense voilà, je suis dans Medhi et je l'aime. Medhi ne veut pas que je bouge, pas que je pousse, comme s'il craignait que je lui reproche ensuite quelque chose. Ses fesses glissent sur mon ventre, ça pourrait durer des heures mais je réalise qu'il est peut-être temps de jouir. Je jouis sans me tordre, sans grimacer, je jouis comme la première bouffée d'air après les évanouissements.

J'écris dans l'avion et je garde son prénom pour m'obliger à ne pas mentir :

Medhi se réveille en sueur. Il sait que quelque chose est advenu, que sa vie a pris un tournant qu'il aurait voulu refuser. Un vent tiède joue avec les rideaux de la chambre, comme un courant d'air, une porte s'est fermée. Il sait qu'il pourrait courir, que le taxi doit attendre au bout du sentier de pierres, qu'un geste peut-être suffirait. Il ne bouge pas. La lumière finira par disparaître, une idée qui l'immobilise, le rend friable. Un pied hors du lit et tout se casse. La défaite se signe. Cet amour-là ne vaut pas, pourtant, ça l'attache, le manque entre en lui, s'installe, détruit et règne. Les choses ne changent pas. Il est au rendez-vous, droit et presque fier de cette souffrance nouvelle, il ignore encore son goût. Assis dans son lit, il s'attend. Le bruit d'un moteur qui démarre et s'éloigne. Au pire, il se plie. Il sait que pour tous ceux d'ici, Guillaume se sera enfui, et que pour lui seul, Guillaume l'aura quitté.

« Pourquoi je vis ? »

Medhi attend l'écho mais sa voix semble se perdre, elle ne cogne aucune paroi, glisse sur les figuiers et les pins, elle se laisse absorber par la terre morte. Il recommence. Un cri. Une force qui l'épuise, le rend vulnérable et tremblant. Rien ne revient, il s'accroupit au bord du vide, il pleure. Par endroits, la mer se devine sous les nuages, des trouées bleues, des paillettes, par endroits là, un morceau d'île. Une odeur de soufre rend l'air menaçant, Medhi contrôle sa respiration, une concentration obligée, il est penché vers lui. Ni les pierres, ni la lave, ni le vert ne le touchent. Depuis quand ne s'était-il pas dévisagé ? La réponse s'impose et il s'en empare, il ouvre les yeux, une chaleur monte sur sa nuque, devant, l'ombre du Teide fuit. Je vis pour aimer Guillaume, voilà ce que je dois dire ici, je répéterai les mots jusqu'au moment où l'air vibrera en boucles, je ne céderai pas avant qu'on me donne une preuve.

Quand Medhi rejoint la maison, personne n'est

encore levé, il ignore d'ailleurs qui exactement a dormi là. Le bordel sur la terrasse le dégoûte ou le fait sourire. Il se lave à l'eau froide sous la douche du jardin. Il ne voit pas Gwen sortir de la maison, s'asseoir sur les marches, une tasse de thé entre les mains. Elle assiste au spectacle de sa nudité. Ça la réconforte ou la décourage.

– Tu vas à la résidence ?

– Ah ! t'es debout... J'ai trois clients qui vont tomber aujourd'hui. Ce soir champagne.

– Encore.

– Mais uniquement si on n'est que tous les deux.

TROISIÈME PARTIE

# LA MORGUE
(Paris, 11 septembre 1996)

« Je m'étais peut-être dit : "J'irai jusque-là."
Une fois là, je me suis tenu parole,
me retirant à reculons sur la pointe des pieds,
pour ne plus revenir.
Et sans doute, il m'attend.
Il était sûr que je reviendrais. »

Marcel JOUHANDEAU,
*Chronique d'une passion*

Ils préparent le corps mort de mon frère. Je n'aurai pas à attendre longtemps, ils me disent, le corps n'est pas en très bon état et c'est plus fort que moi, je réponds que je m'en doute. Quand je demande si un inspecteur va m'accompagner, ils s'étonnent, non, tout semble en règle, le corps a déjà été reconnu par une Mme Racrib, je m'étonne, une voisine, ils disent. Bien. Alors pourquoi m'avoir fait venir ? Il faut une signature pour l'autorisation d'inhumer. Je ne désire donc plus voir le corps, concluent-ils. Si. Vraiment très mauvais état, comme toujours pour les noyés. Thomas s'est noyé. Dans sa baignoire. Un sèche-cheveux. Suicide. Son corps n'a été découvert que trois semaines après. Par Mme Racrib, l'odeur. Je dis comme Claude François parce que soudain parler me semble le seul moyen de ne pas m'évanouir. Et sérieusement ils rectifient, Claude François, c'était une ampoule électrique. Il faut que je contacte des pompes funèbres au plus vite, ils manquent de place. Je m'entends demander si son corps ne peut pas être utilisé par la science, ils en doutent, ils vont se renseigner. Je cherche une porte ou une pancarte qui indique la direction des toilettes... Je dois les suivre. Ils m'emmènent dans une pièce où sur une table à roulettes, une housse blanche... Ils ferment un rideau derrière moi. Ils ont disparu. Sans un mot gentil. Je suis seul dans le silence. Dans l'absence de Thomas. Aucune fenêtre. Dans les films, c'est un drap. Les draps sont faciles à soulever. La fermeture éclair, je n'y arriverai pas. Si ses cheveux se sont pris dedans, tout va venir quand j'ouvrirai. Peut-être aussi de la peau morte. Thomas est mort électrocuté puis noyé dans sa baignoire en jetant dans l'eau un sèche-cheveux allumé. De le dire ne me suffit pas, je dois voir. Il n'y a pas d'étiquette qui pend où je pourrais lire la confirmation, me satisfaire de ça : Thomas Valentés. La housse colle à son corps, un paquet sous vide. Certains endroits sont jaunis. Je renifle, sentir me suffirait. Ce n'est pas un reniflement, seulement mon nez que je retrousse, je respire la bouche grande ouverte. Et mes mains se serrent, avec le bout d'un pouce, je creuse dans une paume, un geste de grand-mère, je n'ai jamais eu de grand-mère. Elles sont mortes et on ne me les a pas montrées. Les cadavres, on ne m'a pas appris. Micky seulement, sa fourrure bouclée en mèches de sang séché, et un boyau ou une artère qui s'était échappé de son cou. Micky m'avait suivi un mercredi matin, je jouais aux extraterrestres avec Nicolas, dans le champ en pente devant la caserne. Au repas de midi, on m'avait demandé où était Micky. J'ai dit que je ne savais pas, non je jure, il ne m'avait pas suivi. Puis à l'heure du café, j'étais redescendu vers le champ pour le trouver. Je hurlais son nom, jusqu'à la nationale, un paysan était sorti de sa maison en bordure de route. Tu cherches ton chien ? Oui. Il était comment ? Assez petit, blanc et marron, c'est un bâtard mais on croirait un fox. Il est là. Je pensais qu'il voulait dire dans la maison, je me suis accroupi pour l'accueillir contre moi. Le paysan s'est éloigné dans son jardin, il est revenu avec un cageot, l'a déposé dans mes bras. C'est une moto. La langue de Micky pendait, ses crocs étaient cassés. Je suis remonté vers la maison, les yeux fermés ou fixant le ciel. Maman m'a débarrassé ; toute l'après-midi, terrorisé sur le canapé, j'ai regardé des dessins animés japonais : *Albator, Les chevaliers du ciel*, je me souviens aussi d'un *Barbapapa*. Thomas a toujours dit que c'était arrivé par ma faute. Je l'ai toujours cru. Aujourd'hui je ne dois pas avoir peur. Un cadavre ne fait rien, je ne peux pas moins le craindre qu'aujourd'hui. Imaginer sa main qui jaillit du sac, m'agrippe le cou, m'immobilise, gorge offerte, non, Thomas est mort. Voilà, il est mort. Je peux déjà le dire. Cet aveu ne demande aucun effort, aucune torture, ce n'est pas un sacrifice. Et je ne suis pas un enfant, il ne me voit nulle part, il ne lit pas mes pensées, j'ai besoin de ces évidences pourtant, de les réciter. J'ouvre le sac, je vérifie et je me barre. Personne ne m'en demande plus. Dehors il fera encore jour, période de rentrée, des enfants choisissent leurs cahiers de texte, une nouvelle trousse, un taille-crayon, un rapporteur dont ils ne se serviront pas. J'ai même le droit de partir en disant que j'ai vu, oui c'est bien lui, ça il n'y a pas de doute, ce regard moqueur ; seulement faire attention de ne pas en rajouter. Simple. Modeste. Calme. Ému. Mystérieux. Digne. Pur. Seul. Je suis le petit frère de Thomas Valentés, l'écrivain.

(...)

L'écrivain. Vous n'avez pas lu ses livres ? Deux. *À qui je renonce* et *Le mal est fait.* Je crois qu'ils ont marché, oui, il ne parlait jamais de ses affaires. Pas de la bien grande littérature, une sécheresse en forme de confession. De la méchanceté. Ces livres-là ont détruit ma famille. Je vous assure. Je ne sais pas où est mon père, je ne sais pas où est ma mère. Je suis un enfant abandonné. Parce que, il y a une raison, il y a un coupable, quelqu'un a lancé le processus de destruction, l'a d'abord élaboré, construit puis a tout fait péter. Ces livres sont la vengeance de Thomas. Ça ne cadrait pas, son enfance bretonne de petit-bourgeois, on ne devient pas écrivain en venant de là. Nous n'étions pas à la hauteur. Il lui fallait une mémoire neuve. Des souvenirs où il était l'enfant délaissé, où sa mère éprouvait un amour réel pour le petit frère, où son père fermait les yeux pour qu'on ne lui reproche pas ses aventures à lui. Une famille sans talent autre que le mensonge, une famille pour rien. Ce n'est pas la honte, ni le déshonneur qui nous a séparés. Pas la dignité. Mais le sentiment juste qu'il fallait tourner la page, ne pas se faire de mal, résister dans la fuite. La lâcheté n'a rien à voir là-dedans, de le croire vous tromperait, une tristesse soudaine plutôt, à peine là et déjà si vieille. Je ne suis pas grandiloquent, je vous rapporte la chose puisque vous m'interviewez. Je n'ai aucune rancune contre Thomas, et c'est idiot de vouloir faire payer les morts. Je ne révèle rien, les lecteurs n'ont pas besoin de mes justifications, d'ailleurs ce n'en sont pas. Restent ses livres, s'ils les aiment, tant mieux. Thomas n'a œuvré que pour cette reconnaissance-là. Nous passions après. Ou bien je ne chercherai pas à plaire. Téléphoner à l'éditeur, je veux racheter les droits, le prix m'importe. Racheter aussi tous les livres, les mettre au pilon. Écumer les bibliothèques, les libraires, voler, déchirer. Combien peut-il exister d'exemplaires ? Dix, quinze mille ? Détruire un livre n'est pas si difficile, ça me prendra six mois, pas plus. Après, personne n'en parlera. Je changerai de nom, Cécile m'a dit que c'était impossible, elle n'a jamais été très douée. Au fond, elle était flattée, elle n'a jamais voulu ne pas être reconnue. *Le mal est fait*, quelqu'un se souviendra-t-il de l'avoir lu, quelle mémoire pourra en citer des phrases entières ?

J'écrirai à maman et à papa, ils pourront revenir. Thomas, non.

(...)

Mes mains bronzées, la bague offerte par Medhi autour de mon pouce, combien de corps ont-elles touchés ? Au bout des bras tendus, elles trifouillent la fermeture à la recherche de la languette, ma droite s'en empare, il faut tirer, avec l'autre tendre la housse. Il faut regarder déjà pour bien faire. La résistance est nulle, la main glisse, sur son passage le sac ne s'ouvre pas, personne ne se découvre, juste une faille d'ombre que je reconnais, celle qui s'étalait dans mon lit quand je soulevais les draps pour débusquer les assassins et cette sensation, cette exaltation, cette peur enviée de mourir gobé par une ombre, violé, torturé, obligé aux désirs d'un autre, inconnu et dont je sais le pire par les rêves que je fais ; je viens vérifier ta présence, je m'attends à tout et l'accepte, je rentre sous les draps par la tête, l'expédition de ma perte commence sans arme puisque avant je me suis débarrassé de mon pyjama, donc mes fesses nues viennent de franchir la porte, je rampe bien comme il faut, bien comme il le veut, regrettant néanmoins de ne pas être une boule pour être pris en une fois, pour me fendre d'un coup, à moins que ce soir soit celui de l'objet, une pointe qui d'abord appuie contre la gorge puis la perce, un couteau tranchant ma chair douce et sanglante, tenace descente, n'être qu'une bouche sans commissure, je viens, même le chemin est plus serré, j'approche le bout du lit, le rendez-vous, le piège que je tremble de connaître, dont on m'a privé inutilement, braillant que j'étais la joie de vivre, je suis la joie d'être broyé mais ma tête cogne les barreaux du lit, elle creuse les draps, non ce n'est pas possible, cherche, perfore, je suis là, je suis à vous, la couverture à présent, je jaillis à l'air libre et ça déçoit. La fermeture bloque, je suis au bout. Quand je vais rouvrir les yeux, le monde aura changé. Diabologum chantait ça : *quand j'ai ouvert les yeux, le monde avait changé, au milieu du mois d'août, je crois qu'il a neigé...*

Je fixe tes pieds.

(...)

Tes pieds sont noirs, posés l'un sur l'autre, comme cloués. Des tout petits pieds, de fille ou d'enfant, nous les avons hérités de papa. 39/40, nous échangions nos chaussures, maman aimait que papa porte mes Kickers. La forme a disparu. À quoi ressemble un pied ? Les ongles ont disparu. Ah non, pas sur celui du dessous, je m'approche, me penche. Ce ne sont pas des ongles mais des morceaux d'os qui percent le bout des orteils, des griffes... Je n'y arriverai pas. Il faut que tu comprennes, je ne peux pas te voir, je n'ai personne à qui raconter ce que j'aurai vu. Je n'ai personne. Je ne te verrai plus. C'est fini. J'ai vingt-trois ans, c'est fini. La prochaine fois que je tomberai amoureux, lorsque je raconterai ma vie, ma famille, de nous je ne pourrai dire que ça : c'est fini. Je ne te présenterai jamais mon amour, jamais ton sourire ne dira ma fierté. Ta main qui prend mon bras, m'entraîne dans le jardin ou la cuisine ; le toast porté ; ta bouche sur la mienne – un baiser de frères qui ont grandi ; notre bonheur, identique, bien malin celui qui nous distinguera : jamais. Pourtant je t'entends me demander si tu peux emprunter mon amour pour danser et je dis oui, sans réussir à ne pas craindre quelque chose ; mon enfant grimpe sur tes genoux, un câlin à tonton. Après encore, ta main dans la mienne devant le cercueil de papa, nos colères affaiblies. Mais voilà, c'est fini. Seul ton corps et mes yeux.

(...)

La peau s'est retroussée, je pense que ce sont les muscles, cette viande noire. Je dis viande pas pour me venger, pas pour te faire du mal, mais je ne connais pas le nom de ces muscles qui, je t'assure, ont l'aspect d'une viande pourrie. Les vaisseaux ou les tendons font un filet, un quadrillage desséché, une armature qui commence là où bombe l'os de ta cheville, ça semble très fragile, des traits à la craie sur une mie de pain carbonisée, une éponge noire et dedans, comme pris au piège, des poils. La peau ne semble avoir pété que sur le dessus. Soudain je te vois, les pieds rongés ne tiendront pas ta marche, comment porteraient-ils ton corps même vidé, même mort, parce que je te vois mort, tu as des pieds de mort qui ne sont pas conformes aux pieds de l'enfer, des cadavres qui sortent des tombes dans les films de vampires, non et c'est surprenant je te jure, cette idée qu'ils sont l'image d'un homme mort, avec calme j'ose penser, l'image de l'homme. Une pomme a le goût de la pomme. Tu n'es même pas un monstre, tu as l'apparence humaine. Tes pieds bouffés par l'eau ou l'électricité gardent de quoi être reconnus et je les reconnais. Cette souffrance-là, nouvelle, à laquelle tu pensais me soumettre, que je sois par ton suicide confronté à l'atroce, ce plaisir de dernière minute que tu imaginais, car tout me paraît clair maintenant, ta mise en scène aboutit là : mon horreur devant ton cadavre ne gâchera pas ma vie, je le sens bien, j'oublierai cette pourriture, tu ne choisiras pas le souvenir qui me restera de toi. Je choisis nos pieds dans le sable, creusant la plage pour dessiner le terrain de volley. Tu peux me les montrer, je peux les décrire, chercher les mots qui correspondent, évaluer leurs texture et couleur, comprendre de quoi ils sont le signe, les ruines. Tu peux étaler toute ta condition d'homme, te présenter vulnérable absolu, chercher ma pitié, commander mon pardon, le corps à genoux dans la mort. Tu peux nuire encore, sans effort, la mesquinerie tu peux toujours, ça ne changera pas ma mémoire, elle est neuve.

Thomas, papa et moi avons des petits pieds, inhabituels pour des hommes, bien que nous répétions tous les trois que nous chaussons du quarante, en fait un trente-huit nous suffit largement, pourtant nous mesurons chacun plus d'un mètre quatre-vingt (je suis le plus grand : un mètre quatre-vingt-trois), assez musclés aussi, « des pyramides sur la pointe », maman nous présente ainsi, « mes trois pyramides sur pointe », elle est plutôt fière de nos petits pieds, en même temps, ça la vexe, elle chausse du quarante ; la veille de Noël, quand on doit déposer sa chaussure au pied du sapin, son escarpin insinue qu'elle est Blanche-Neige et que nous sommes trois nains, ça ne lui plaît pas trop cette histoire de nains, comme si on la traitait de monstre, elle a beau lutter, sourire, nous inviter à danser, ça lui gâche un peu la joie de son réveillon, jusqu'au moment où les cadeaux viennent tout camoufler, la tristesse fout le camp d'un coup et nous ressemblons de nouveau à ce que nous ne nous forçons pas à être : une famille heureuse.

(...)

J'invente ce que je veux.

Je pénètrerais dans un bar avec, sous le bras, l'urne de tes cendres, glissée dans un sac plastique Monoprix.

Je m'approcherais du zinc et commanderais un whisky, je ferais exactement comme je l'ai vu faire au cinéma. Le bar est un PMU, peu de clients à cette heure : un homme d'une cinquantaine d'années accompagné de son chien, un représentant qui vante au patron les mérites de divers ordinateurs sur catalogue, une femme qui lit *Le Monde* devant un café. Dans le fond, une autre femme commence à faire le ménage, elle serpille. Je commanderais un deuxième verre. Je poserais le paquet sur le comptoir, le sac glisserait et découvrirait l'urne. L'homme au chien s'approcherait de moi. Il ne faudra pas que je tremble, le verre sera plein.

– C'est votre femme ?

– Non, mon frère...

– Je suis pas trop pour la crémation, moi.

Je fixerais le chien pour ne pas avoir à répondre.

– Et mon chien pense comme moi... Pour lui c'est décidé, il a déjà sa place au cimetière des animaux, un endroit calme dans le treizième, près de la Bibliothèque de Mitterrand. Il sera bien là.

– Certainement oui. C'est un quartier qui va prendre de la valeur.

– Eh oui... Il est mort comment ?

– Un suicide.

– Comme ma femme ! Chef, tu nous en remets deux ! Venez, on va s'asseoir.

La patronne nous barrerait la route avec son balai. Elle dirait qu'elle ne va pas la passer cent fois, que de toute façon, ils vont fermer. J'en profiterais.

– Je dois y aller, je suis attendu.

– Des enfants ? il me demande.

– Oui, une petite fille.

– Faut pas lui montrer l'urne, mon gars. C'est pas un truc pour les gosses ça. Je suis totalement contre. J'avais un ami qui faisait ça. Tous les matins, avant de partir à l'école, les gosses devaient s'agenouiller devant la cheminée et faire une prière pour leur mère qui trônait sur la poutre. Autour il avait foutu des photos, des bougies, tout un bordel. Et résultat, les mômes sont devenus dingues, à l'école nuls et violents. Une assistante sociale est intervenue, on lui a retiré ses deux mômes à mon pote. Du jour au lendemain. Je vous jure que c'est vrai... Hein chef, qu'on lui a retiré ses mômes au René, à cause des cendres de sa femme ?

Le patron dirait oui oui puis il dirait comme la patronne. J'essaierais de me donner de l'importance :

– Un dernier s'il vous plaît. Pour vous aussi ?

– Non, après moi ça me barbouille... Alors vous allez en faire quoi ?

– Je sais pas.

Je mens. J'aimerais faire ça de tes cendres :

Entrer dans la cuisine, la mienne. J'aurais une cuisine équipée avec une table carrelée et ce qui va autour. Je m'approcherais de l'évier et me passerais le visage sous l'eau, des gouttes cogneraient contre le sac plastique. Ma femme me rejoindrait avec ma fille dans les bras. J'aurais une femme qui veillerait à ce que ma fille dorme en pyjama.

– Il était temps que t'arrives, mademoiselle avait décidé de ne pas dormir sans le bisou du soir de son papa.

Elle dirait ça sur un ton de petite fille qui joue à la maman. Un truc un peu pleurnichard et qui m'attendrirait.

Je cacherais l'urne derrière mon dos, je tendrais la joue.

– Ben prends-la !

– Non non, juste un bisou.

Ma fille me demanderait ce que je cache et je lui ferais des gros yeux, des sous-entendus qui sentent Noël à plein nez. Ma fille ne serait pas dupe de ces manèges de père de famille, j'aurais une fille intelligente et drôle.

– Rien. Rien du tout. Allez filez !

– Papa nous la joue grand secret ce soir, ma chérie.

– Pas du tout, allez, au dodo !

Et je les pousserais presque brutalement de l'épaule, comme si effectivement je voulais les chasser de la cuisine. Comme si j'étais soûl.

– Doucement quand même !

Pendant que j'inspecterais le frigo, il y aurait la voix de ma femme qui dirait qu'elle m'a gardé une assiette de poisson, que je peux la passer au micro-ondes ou sinon qu'il y a de la mayonnaise. Ma femme oublierait toujours d'acheter du citron, or moi, les merlans sans citron, je trouve ça dégueulasse.

– Y'a rien d'autre ?

Elle ne me répondrait pas. Je m'emparerais d'une banane, j'entrerais dans la salle à manger, m'installerais dans mon fauteuil ; je déposerais l'urne sur la table du salon. Je sentirais le poids de mon manteau et de mon écharpe mais je n'aurais pas la force de les retirer. Je mangerais la banane méticuleusement.

Bientôt, derrière moi, ma femme. Elle poserait ses

mains sur mes épaules, puis me caresserait le ventre. Un ventre rond, poilu.

– Ça s'est passé comment ?

– Très bien. Ça a été vite.

– T'as fait dire une messe ?

– Pour quoi faire ?

– Ça va, toi ?

– Impec.

Elle se pencherait pour m'embrasser, je n'aurais rien demandé, elle chercherait ma bouche, la trouverait, l'embrasserait puis se détacherait.

– Tu pues l'alcool, Guillaume...

– Mais non, c'est la banane.

Je m'emparerais de la main de ma femme, la tirerais brusquement vers moi, ma femme basculerait sur le bras du fauteuil et atterrirait sur mes genoux en rigolant. Je l'embrasserais et la caresserais. Elle croirait un moment à mes gestes de tendresse mais j'en voudrais plus, je réussirais à déboutonner son jean, à lui tripoter le sexe, je me pencherais pour le lécher. Elle repousserait ma tête doucement.

– Non, attends, je suis sale...

– T'es toujours sale alors ? Moi je m'en fous que tu sois sale...

Je me pencherais à nouveau. Une petite lutte s'installerait qui la ferait rigoler. C'est fou ce qu'elle rigolerait. Je me servirais de l'ivresse, je n'aurais pas envie de jouer. Nous perdrions bientôt l'équilibre et tomberions lourdement sur le tapis. Avant qu'elle se plaigne, je déboutonnerais rapidement mon pantalon, le baisserais, sous moi le corps bloqué de ma femme. Son visage à elle serait de résignation, d'immense gâchis. Au moment où je la pénétrerais, elle apercevrait le sac sur la table du salon.

– C'est quoi ?

Je ne devrais pas me déconcentrer, pas débander.

– Thomas.

Ma femme se dégagerait violemment et nos corps qui se séparent feraient un drôle de bruit.

– Pauvre con ! Pauvre malade !

Pendant qu'elle se rhabillerait, j'observerais mon pantalon bouchonné, entortillé, emmêlé dans mes jambes, comme un nœud impossible à défaire.

– Qu'est-ce que ça fout là ? Tu peux me dire ce qu'il fout là ! Mais t'es vraiment cinglé, mon pauvre. Est-ce que tu te rends compte de ce que tu as fait ? Mais c'est pas vrai ! Pourquoi tu m'infliges ça, pourquoi ?

– Je t'inflige rien, fais pas un drame de rien.

– Je fais un drame de ce que je veux. Mais excuse-moi, mais ce truc-là, de baiser devant lui, je trouve ça tellement minable, tellement humiliant. Je te déteste de ça, je te pardonnerai jamais. J'ai beaucoup pardonné déjà, beaucoup trop. La patience, j'ai trop donné. T'as pas le droit d'en demander plus. T'as le droit de rien. Putain tu m'écœures, si tu savais comme tu m'écœures. Vouloir me baiser devant l'autre là...

– Mais arrête ! C'est des cendres ! Merde ! C'est que des cendres !

– Ça t'a pas suffi ! Tu veux quoi, qu'il nous bousille jusqu'au bout ? C'est ça que tu veux, bien sûr que c'est ça que tu veux. T'es tellement lâche, tu te sers d'un mort.

– Tu délires !

– Bien sûr. C'est moi qui délire, c'est moi qui ramène un mort sur la table du salon et qui veux faire l'amour devant lui. T'as raison Guillaume, c'est moi qui délire.

– Ferme ta gueule !

– Vas-y, hurle ! Réveille ta fille, qu'elle voie quel père elle a. Allez, un peu plus fort. On va l'appeler ensemble si tu veux. Gwen... Gwen !

J'apprendrais que ma fille s'appelle Gwen et ça me plairait pas trop alors je me jetterais sur ma femme, je la giflerais plusieurs fois sans pouvoir décider du nombre de gifles qu'il faut. Puis je me relèverais, reboutonnerais mon jean, ce serait plus facile que je ne l'imaginais. Je quitterais la pièce, je reviendrais, m'emparerais de l'urne puis la fixerais et lui parlerais, doucement, à ma femme. Sauf que les mots ne viendraient pas parce que je n'aurais rien à lui dire.

Peut-être que ç'est ça qui me fera sourire, mon incompétence.

Qui aurait pu faire, de ma vie, mieux que moi ?

(...)

Tu ne peux pas gâcher ma vie, elle est gâchée d'avance. Mais as-tu seulement compris que je ne pourrais pas vivre sans toi ?

(...)

Les jambes, là presque pas de chair, le squelette a pris la place, ces deux os, le tibia et le péroné, tout de suite après, la planche qui les décrivait dans mon livre de

*Leçon de choses*. Quatre os alignés, déjà distants les uns des autres, mon regard les cadre entre tes chevilles et tes genoux, ce sont des barreaux. Tu t'étais cassé une jambe lors d'une classe de neige, je cherche une trace, pour observer vraiment l'os. La cannelle, tu sens la cannelle. C'est une odeur où j'entre sans te rencontrer, tu la portes plus qu'elle ne se dégage de toi. J'aurais besoin de cette planche, s'ils veulent que je vérifie, il faut m'en donner les moyens, oui, des planches anatomiques, pour te comparer. Qui peut se souvenir des jambes de son grand frère, comme ça, sur commande ? Je les ai vues quand, pour la dernière fois, tes jambes ? C'est débile comme question, mais j'en suis là. Aucun souvenir ne s'impose, les verrais-je pour la première fois ? Tes genoux m'attendent, tes cuisses et ton sexe, il va falloir regarder. Pourquoi ne m'as-tu pas invité à ton agonie ?... Voilà ce dont j'aurais rêvé pour nous deux, une longue maladie qui te tue. Je serais venu te voir tous les jours, t'aider à manger ta bouillie, prendre tes mains, changer tes draps merdeux ; un accompagnement forcé, des caresses que tu n'aurais pas eu la force de refuser. Alors forcément, par reconnaissance ou pour crâner, tu te serais penché vers moi, les mots se font denses près de la mort, tu m'aurais réclamé l'absolution et je te l'aurais donnée. Parce que je t'aime Thomas, je ne veux pas que tu meures, que tu me laisses seul. Je pardonne tout, évidemment, tu le sais que je sais oublier. Nous vivrons sans les parents puisqu'ils nous ont abandonnés, dans le même lit, blottis tout contre l'autre. Je ne veux pas de ton corps froid et noir. Ta voix, je ne me souviens déjà plus du timbre de ta voix.

(...)

Quelque chose ne va pas. J'ai regardé tes cuisses, sous elles le plastique de la housse est taché, par de la merde je pense, une fois mort, les intestins se libèrent. Et si tes cuisses n'ont pas la même couleur, le noir qui règne sur ton corps, je peux l'expliquer, faire l'hypothèse que le sèche-cheveux est tombé là, provoquant une brûlure. C'est bien ça, s'électrocuter, une brûlure. Mais au-dessus, j'ai vu ton sexe qui contrairement à tes pieds ressemble encore à un sexe. Les bourses non, comme si les testicules étaient rentrés à l'intérieur, juste ton sexe, en oblique vers ta hanche. Bizarrement, je ne me suis pas senti gêné de le voir et je ne voudrais pas en faire toute une histoire, seulement quelque chose ne va pas. Le gland est sorti. Circoncis. Les parents ne se sont jamais décidés à opérer nos phimosis.

(...)

La mort fait le gland se décalotter tout seul. J'ai déjà entendu des choses comme ça. Les corps continuent à vivre après la mort. La peau se dessèche, se rétracte et le gland sort, c'est possible. Thomas était dans sa baignoire, il avait peut-être gardé cette discipline, ce rite. Ne pas en faire toute une histoire. Regarder ton ventre et tes pectoraux, je suis sûr que j'en ai plus que toi maintenant. Là encore, les poils se sont détachés. De la main droite, je cadre mon regard, une œillère qui coupe le champ à ton cou. Ce sexe me tracasse, c'est un élément étranger et déplacé. Ce n'est pas ton sexe Thomas.

Je n'ai pas besoin de voir ton visage pour le savoir.

(...)

Une cigarette qui vient de Tenerife, un paquet chiffonné dans la poche de ma chemise. Le carrelage est froid, il sent l'eau de Javel. D'un mur à l'autre, les lignes tracées par les carreaux abandonnent leur parallélisme, j'imagine qu'elles se croisent dans la pièce d'à côté, il faudrait que j'aille vérifier. Il faudrait que je me lève, tranquillement dire qu'il y a eu erreur, ce n'est pas mon frère qu'on a retrouvé dans sa baignoire. Au revoir, bon courage pour l'enquête, je suis à votre entière disposition. À la légère. Les bonnes blagues de Thomas, vraiment. Je cherche à respirer l'eau de Javel dans l'air pour éviter l'odeur du cadavre. Je mens, je cherche tout simplement à respirer, une nausée contracte ma gorge, j'étouffe et j'ai l'impression que mon corps ne réagit plus. Je ne veux pas lutter. Moi je suis prêt à mourir, tous ces gens ne nous pardonneront pas, Thomas, seulement si je prends ta place, ils nous oublieront. Pas avant. Ils ne me laisseront pas sortir vivant. Comment trouver un taxi, dire mon adresse, monter des escaliers, soudain une sonnerie de téléphone, et ta voix qui m'explique. Non, Thomas. Tu ne m'expliqueras rien parce que je vais mourir. Aucun de nous deux ne sortira d'ici vivant.

(...)

Je pensais qu'on mourait facilement auprès d'un cadavre, mais non. La vie tient. Mes fesses me piquent à cause du froid, les jambes, les bras, ça me gratte. Ne pas bouger. Dans combien de temps vais-je devoir abandonner ma grandiloquence ? Je bloque ma respiration. Le samedi, maman m'emmène faire les courses avec elle, je la suis partout, même la cabine d'essayage ne m'est pas interdite. Nous la regardons tous les deux dans les miroirs, la vendeuse pose des questions, c'est moi qui réponds. Ça fait femme de dentiste, c'est trop court, avec une ceinture peut-être. Toujours la vendeuse sourit, maman est fière de mon goût, assuré elle dit. Je me la joue insolent. Ça fait vendeuse de fringues. Tout le monde rigole. Oh Guillaume... Oh maman, je meurs à cause de Thomas. Tu comprends cela...

Pourquoi tu ne me crois pas ?

Pourquoi tu n'apparais pas là, maintenant ?

Pourquoi tu me laisses mourir en paix ?

Comment as-tu pu te passer de moi ?

Comment sais-tu si je ne suis pas déjà mort ? Moi-même je suis incapable de le savoir. Pourquoi tu serais plus forte que moi, pour toujours ?

L'évanouissement vient.

Thomas soulève la nappe, j'attends d'entendre pour qui celle-là ? Je désigne le roi. Thomas dit qu'il faut me surveiller et il le fait pour ne pas que je triche. Il répète que c'est dans ma nature de tricher. J'ai dix ans, les collants de maman sous le nez. Pour qui celle-là ? Pour Thomas. Son visage disparaît, il vérifie son assiette, il réapparaît, la tête à l'envers, déformée :

– Guillaume, t'es déjà mort-né.

La gifle de papa le fait tomber de sa chaise.

Quand je dois choisir ma reine, je propose Thomas. Les parents se moquent ; lui, ne refuse pas ma couronne.

Je vivrai.

(...)

Un instant je réapprends à respirer, c'est un geste forcé. Une main sur la poitrine qui remonte, s'abaisse. L'air n'a plus d'odeur. Je m'appuie contre le mur, me relève, reprends l'équilibre. Mes yeux ne sont pas rouverts, le noir me calme. Je repose. Je suis heureux. Mon frère est vivant. Je suis vivant, mon frère est heureux. La phrase se déroule, un manège où je circule, où les choses se réinstallent. Et de ces mots, heureux et frère, s'annonce ce que j'ai envie d'entendre ; ma musique aussitôt s'enclenche, c'est la berceuse, une chanson qu'on hurle au fond d'un lit : *Fais dodo, Colin mon petit frère. Fais dodo, t'auras du lolo. Papa est en bas, qui fait du chocolat. Maman est en haut, qui fait du gâteau. Fais dodo, Guillaume...*

Tu m'attends forcément, dans mon appartement ou le tien. Tu vis reclus depuis deux semaines, depuis le jour où tu es rentré chez toi pour trouver ce mort dans ta baignoire. Un voleur qui se prenait pour Arsène Lupin, après avoir fait tes tiroirs, il s'est dit profitons de la salle de bains, puis de la baignoire, du sèche-cheveux qui a glissé dans l'eau. Un maladroit. Tu ne pouvais pas laisser passer cette occasion, cette « matière à fiction » – ainsi tu parlais de nos souvenirs d'enfance –, tu attends mon retour pour réapparaître, ta résurrection. De tout ça, tu feras un livre, ton meilleur, ton plus beau, drôle aussi. Une histoire où je n'ai pas d'autres rôles que celui de t'aimer.

Je ne dois pas te dénoncer. Même si ce n'est pas Arsène

Lupin. Comment peux-tu être si sûr de ma loyauté ? Nous ne sommes complices de rien depuis longtemps, comment sais-tu mon amour malgré tout ?

– Guillaume, réponds sans réfléchir, es-tu prêt à « transporter le cadavre » pour moi ?

– Ça veut dire...

– ... tu réponds, tout de suite.

– Oui.

– Bien. Maintenant tu réfléchis, je te laisse vingt secondes...

– Qu'est-ce que t'entends par « transporter le cadavre » ?

– Fais pas l'enfant, tu sais très bien.

Je pensais : toucher un mort, le déplacer, le déterrer, le voler, jouer avec parce que Thomas me l'aurait demandé ; c'était l'été où nous faisions griller les sauterelles avec le briquet de papa, où on laissait les carrés de chocolat fondre au soleil, dans une soucoupe. Thomas sortait avec une Hollandaise du camping d'à côté, une fille qui lui montrait ses seins et à qui il demandait de me les montrer à moi, son petit frère. Transporter le cadavre : se faufiler dans le camping, la nuit, entrer dans la canadienne et étouffer la Hollandaise sous son duvet, lui faire l'amour chacun son tour, je passerai le deuxième, après avoir vu comment s'y prendre, se débarrasser du duvet.

– Alors ?

– Je ne crois pas que j'en sois capable...

– Je le savais. Pauvre nul.

– Mais ça dépend...

– ... Ta gueule, tais-toi, ne me parle pas de la journée, va jouer avec tes épuisettes, pauvre con.

De l'amour, non, je n'en étais pas capable, comment as-tu pu ne pas me comprendre ?

Parce que si tu l'as tué, Arsène, je suis, comment on dit, sous le coup de la loi. Association criminelle. Le jeu, c'est de reconnaître ton corps, assurer ta mort, l'alibi parfait, ma parole te sert d'alibi, ces mots « mon frère est mort » signent ta liberté, tu m'invites à ça : te sauver la vie. Tu ne changes pas, cet esprit de famille que tu portes mieux que nous, notre grandiloquence ; à ta façon, sournoise, qui parlant des autres ne dit que ton triomphe. Tu entends Thomas ? J'ai grandi, tu ne me forceras pas à te tuer.

Je vois bien que ce cadavre me réclame un fratricide imaginaire, c'est fou d'ailleurs comme je vois bien. Je n'ai jamais été si extérieur à moi, lucide à ce qu'on attend de moi. Je te tue et je me tais. Ta naïveté m'encombre, je me sens usé par le poids à porter, déjà nos souvenirs s'alourdissent, des contours énormes, je n'y croirai bientôt plus, Thomas. Ce coup-là, faire le mort, immobile sur la plage, sur ton lit, dans la baignoire, tu me l'as trop fait. Même enfant lorsque je criais, j'appuyais sur ta poitrine, tentais un bouche-à-bouche, suppliais Dieu, hurlais après les parents, c'était une douleur pour du beurre, je connaissais tes ruses, j'y répondais non pas tant pour te plaire mais pour ne pas que tu aies honte, pour ne pas te révéler l'image un peu sale que j'avais de toi ; j'y répondais par méfiance aussi. Et parce que maman m'avait refilé des envies de fils unique. Comment n'as-tu jamais pensé que nous mentions tous aussi bien que toi ? Voilà à quoi ressemble notre famille : une famille de menteurs. Tu n'as jamais écrit ça dans tes livres, tu as tout pris au sérieux, nous sommes devenus une famille ridicule à force de vices, de lâchetés. Ton entreprise était gâchée d'avance, on ne peut pas dire la vérité sur ce type de famille. Du mensonge au carré, voilà à quoi ressemblent tes livres. Mais je vais te retrouver, nous allons en parler tranquillement, d'homme à homme, comme le souhaitait papa, je vais m'offrir cette petite vengeance, assez douce, la compassion. Et je vais vivre, puisque tu n'écriras plus.

Suis-je censé refermer la housse ? Le faire m'obligerait à ouvrir les yeux, je m'attache au noir. Je choisis de me guider avec le mur, je tomberai bien au bout d'un tour sur le rideau, après rien ne m'interdira de voir, je trouverai la porte. Et s'ils me demandent une photo, ils m'avaient parler d'une photo au téléphone... Je dois les effrayer. Tourmenté. Froid. Affecté. Hagard. Menaçant. Pas disposé. Mauvais. Possédé.

C'est Thomas Valentés, mon frère aîné.

QUATRIÈME PARTIE

# LE TENANT DU TITRE

(L'Ile Grande, 28 décembre 1996 -
Paris, août 1997)

Mme Jouve : Il faisait encore nuit quand la voiture de police a quitté Grenoble. Le village est à vingt-trois kilomètres. On a également appelé une ambulance qui doit être sur place car elle vient par la route de Chambéry. Je m'appelle Odile Jouve, et si vous me prenez pour une joueuse de tennis, vous êtes complètement dans l'erreur. Je crois que la caméra prend mon visage, mais si elle voulait bien s'éloigner, vous comprendriez immédiatement la situation. Allez ! Reculez !

François TRUFFAUT, *La Femme d'à côté*

## 1.

J'avais décidé de repeindre les volets de la maison et choisi l'orange. Je travaillais devant le garage qui donne sur le sentier parallèle à la départementale. Mme Malgorn m'a vu de là, elle est venue me prévenir, pour les maisons qui donnaient en front de mer, un arrêté municipal exigeait que les volets soient peints en bleu, plus précisément le bleu d'Ouessant. Je me moquais un peu d'elle, lui affirmant qu'il était bien connu que la terre était bleue comme une orange, elle repartit vexée, son vélo au bout du bras et, à mi-sentier, je l'entendis maugréer :

– Dites-le vous, à votre frère, que ce n'est pas possible, qu'on finira par le dénoncer et qu'il devra tout refaire.

Guillaume m'a souri.

Thomas ne se cache pas. Il n'est pas terré. Tout le monde le croit mort et lui bricole devant la porte du garage. Il parle même aux voisines. Il est fou.

Qu'il était beau, et fier, dans sa veste de cuir noir. Des dreadlocks autour de son visage plus maigre, et cette mini-touffe de poils sous la lèvre inférieure. Mon petit frère avait grandi, le dernier des Valentés, il avait commencé sans nous sa vie d'homme. Combien de fois l'ai-je embrassé ? Ma main, combien de fois dans ses cheveux, une tresse fut arrachée. Les premiers mots qu'il a murmurés :

– Je ne voulais pas te manquer.

Et c'était exactement ça, je ne pouvais rien lui reprocher, son silence avait été décidé par nous. Lui, je ne voulais pas qu'il me touche, à cause de la peinture. Je l'ai laissé s'installer, retrouver l'odeur de sa chambre, les secrets sous son lit. Moi j'ai couru acheter un pain doux, les brioches trouées de pépites de chocolat. Ça commençait comme des vacances, le soleil, l'excitation, mais il faisait zéro degré.

Ma chambre est d'une couleur que je ne lui connaissais pas, vert jardin, vert grillage. Je me souviens, papa m'avait prévenu, il allait faire lambrisser toutes les pièces de l'étage, il m'avait demandé de choisir une couleur. J'avais répondu que c'était inutile, que cet endroit qu'il s'obstinait à appeler *la chambre de Guillaume à l'Ile Grande* n'existait pas pour moi, qu'elle était juste une pièce de sa maison à lui. C'était peu de temps après le départ de maman ; je ne suis donc pas revenu ici depuis.

Le chauffage est mis. J'attends que Thomas me demande si je sais et je lui balance que c'est à moi d'exiger des explications, je lui sors l'urne, je lui dis de se démerder, que la prochaine fois j'aimerais autant qu'il règle ses affaires tout seul et je remonte sur Paris, Medhi m'attend. De toute façon, je n'ai rien pour dormir, ni me changer.

Nous avons goûté en silence, j'avais préparé le lait chocolaté, la boisson de nos quatre-heures, sans mélanger le Poulain avec le lait froid, laissé les grumeaux de chocolat à la surface, une farine qui refile des envies d'éternuer. Je ne voulais pas le brusquer, et surtout je m'en foutais de savoir ce qui l'avait décidé. La bague autour de son pouce m'intriguait, elle était la marque d'une vie de Guillaume où je n'étais pas, elle était comme un reproche aussi, élégant et doux. Je mens avec cette idée de reproche, pendant ce goûter je ne me doutais de rien, rien n'existait hors de ma joie d'être là avec lui, c'était un bonheur que je n'osais plus imaginer, un bonheur nouveau dont je profitais innocemment. Je lui ai sorti des draps, je crois que j'ai fait son lit aussi. Il était parti, il marchait au bord de l'eau en direction du Coin des Étoiles de mer. Je le guettais de la terrasse.

Quand nous étions petits, nous allions avec nos épuisettes dans les mares. Thomas attrapait les crevettes à la main. Après, je ne sais plus ce que nous faisions de nos proies. Je crois qu'on les laissait mourir dans un seau en plastique oublié au soleil. Je dois prendre le car de dix-huit heures, il me reste une heure et demie. Il ne faut pas que je m'attache à la maison, que j'aille fouiller dans la cave, m'allonger sur le lit des parents. Je lui donne l'urne point ; même pas besoin de parler, je m'en fous de savoir qui est ce mec découvert dans sa baignoire. Il ne faut pas que je retrouve les serviettes de plage, la vaisselle avec les coquillages, les vieux disques à Maman, ceux de Françoise Hardy. Il ne faut pas que je chante en sautant d'un rocher à l'autre, pourtant je m'entends.

– *Ma jeunesse fout le camp, sur un air de guitare, elle sort de moi-même, en silence, à pas lents. Ma jeunesse fout le camp, elle a rompu l'amarre. Elle a dans ses cheveux, les fleurs de mes vingt ans... Nous n'irons plus au bois : la chanson du poète, le refrain de deux sous, les vers de mirliton qu'on chantait en rêvant aux garçons de la fête, j'en oublie jusqu'aux mots, j'en oublie jusqu'aux mots... Nous n'irons plus au bois. Nous n'irons plus ensemble. Ma jeunesse fout le camp, au rythme de tes pas. Si tu savais pourtant, comme elle te ressemble. Mais tu ne le sais pas, mais tu ne le sais pas.*

Le filet et les piquets étaient à leur place, j'ai tout traîné sur la plage. Je suis reparti dans le garage pour chercher le ballon, il n'était même pas dégonflé, comment avait-il pu rester plein d'air depuis tout ce temps ? Quand je suis revenu, Guillaume avait planté les piquets, il souriait. Chacun a tracé sa partie du terrain, Guillaume s'est mis pieds nus et malgré mes protestations, il n'a pas voulu se rechausser. J'ai fait comme lui, j'avais des chaussures neuves.

– Tu les enlèves aussi ?

– Je ne voudrais pas être avantagé et qu'après tu m'accuses d'avoir gagné grâce à ça.

– Sauf que tu ne vas pas gagner.

– M'as-tu battu une seule fois au volley ?

– Évidemment, à l'époque notre différence d'âge comptait.

– Tu vois, tu cherches toujours des excuses.

Maintenant je joue au volley avec mon grand frère, sur une plage, un 28 décembre.

Je vois la nuit, je ne vois plus que ça, la lumière qui vient de la terrasse ne nous suffit plus pour deviner le ballon, il va falloir abandonner. Rentrer. Préparer à manger. Mettre le couvert. Parler. Dormir. Et nous n'avons même pas compté les points.

## 2.

– T'as du râpé ?

– On met pas de râpé dans la soupe de légumes...

– Il y en a ou pas ?

– Je préfère le garder pour après, si on fait des nouilles.

– Tu crois que je vais rester alors.

– T'as prévu quoi ?

– Ça dépend de toi, du temps que tu mettras pour me parler.

– Te parler de quoi ?

– Ils ont téléphoné chez moi, Thomas. Ils m'ont demandé d'aller reconnaître le corps. Il y a presque trois mois.

– Sois clair, ça devient chiant.

– C'est tout. Que veux-tu que je te dise d'autre ? C'est tout ce que je sais. C'est Mme Racrib qui l'a trouvé. L'odeur.

– Comment tu connais la mère Racrib ?

– Je la connais pas. Je te dis que c'est elle qui a prévenu les pompiers.

– Il y a eu le feu dans mon appart ?

– T'es lourd Thomas. À quoi ça te sert ? T'inquiète pas, j'ai fait tout ce que tu attendais de moi. Comme une récitation. Je suis allé voir le corps, je suis resté suffisamment longtemps seul avec ce putain de cadavre puis je suis allé leur dire que c'était toi. Ils ont gardé le corps pour l'école de médecine, quatre jours après j'y suis retourné, j'ai récupéré les cendres et voilà... Je vais te les chercher.

– Tu restes assis Guillaume. Tu m'entends, tu restes là !

– C'est bon, te mets pas à gueuler.

– Tu m'expliques tout. Tout tu dis. T'entends ?

– Attends, tu veux rire ? C'est à toi d'expliquer, j'ai rien de plus à te dire. Ils ont trouvé le corps dans ta baignoire, ils l'ont transporté à la morgue. La mère Racrib t'a reconnu, puis moi... J'avais juste à dire comme elle.

– Mais qui putain ? Qui vous avez reconnu ?

– J'en sais rien.

– C'est pas vrai. C'est pas vrai Guillaume. Dis-moi que c'est pas vrai. C'est pas vrai...

– Je pensais que, enfin, t'étais au courant non ?

– Mais tu as vu qui c'était ?

– J'ai vu le corps oui, je croyais que c'était toi, puis je me suis aperçu que non, que ça ne pouvait pas être toi. Le corps est resté trois semaines dans l'eau, il était électrocuté, avec un sèche-cheveux. C'était... On ne voyait presque rien... Je ne pouvais pas imaginer que tu l'ignorais.

– Je me suis installé ici depuis l'été, je ne suis pas retourné à Paris depuis...

– Et ce mec qu'on a trouvé, c'était qui alors ?

– Mais arrête Guillaume, arrête ! Tu le fais exprès ou quoi ?

– Excuse-moi, ça va ! Je me suis trompé. Je suis désolé si c'était quelqu'un qui comptait pour toi. Il suffit d'aller au commissariat, de tout expliquer. On te reprochera rien. C'est un suicide de toute façon, ils ont noté ça à l'hôpital... Ça va aller ?... Je sais pas, tu veux quelque chose ? Va dans le canapé, je vais débarrasser. J'ai pas faim non plus.

Thomas se lève, il ouvre la baie vitrée, cherche ses cigarettes, un briquet, il s'assoit sur le bord de la terrasse, face à la mer qu'on ne voit pas. Je me mets à laver la vaisselle en prenant soin de faire le moins de bruit possible. J'avais oublié son visage quand il pleurait, je cherche à me souvenir de la dernière fois que je l'ai vu pleurer mais je ne me souviens pas. Après j'attaque le gaz, puis la porte du frigo, l'évier. Je retarde mon retour dans la salle. Je ne sais pas quoi lui dire. Un instant je pense que cet homme est peut-être son amant, et ça me fait assez rire cette idée que nous sommes deux perdus pour les Valentés. Car j'ai envie de rire. De téléphoner à Medhi, lui annoncer que je me suis gouré sur toute la ligne. Je sens à nouveau que je suis capable d'être heureux.

Il est toujours assis à la même place. Je sors sur la terrasse, lui touche un peu l'épaule, lui demande de rentrer, il fait froid. Il ne veut pas. Alors je m'assieds derrière lui, je l'entoure de mes jambes, le serre dans mes bras. Je le tiens, Thomas se colle contre moi. Je le protège. Ses mains s'emparent des miennes, il les embrasse. On va attraper la crève.

– Tu sais que c'est lui. Pourquoi tu dis rien ?

– Quoi ?

– Le mort putain... Tu sais que c'est lui. Comment tu peux... Ça t'amuse ou quoi de m'apprendre ça, là...

– De t'apprendre quoi ?

– C'est lui, Guillaume... Tu l'as vu.

– J'ai vu que les jambes, j'ai pas...

– C'est papa...

– Tu vas pas me laisser, Thomas. Je veux pas être seul. On va s'aider, hein ? On va être heureux, hein ? C'est pas grave ?

– Guillaume, tu m'écoutes sans parler. D'accord ?

– D'accord.

– Papa est mort... C'est lui, le mort... Viens... Il m'avait demandé de lui prêter mon appartement pendant que j'étais ici. Il n'avait plus d'endroit où aller. On ne se téléphonait pas, tu connais papa... Mais j'aurais dû me douter, à la fin de l'été, il m'a envoyé une lettre où il me disait, il disait qu'il ne me reprochait pas mes livres, qu'il ne me reprochait rien... Attends, reste là. Il disait que tout était fini... Ne crie pas Guillaume, c'était... Il savait ce qu'il allait faire, ne crie pas...

Guillaume a voulu se dégager, je ne lui lâchais pas les mains. Il se débattait, sa respiration s'accélérait. Ses épaules ont cogné contre mon dos, puis sa tête. J'acceptais cette violence parce qu'elle me paraissait saine, utile. Soudain il a mordu mon cou. Sous la douleur j'ai libéré ses mains. Quand je me suis retourné, il avait disparu. Je n'ai pas bougé de la nuit, je l'ai attendu là.

Je reviens sur Paris.

Je suis un orphelin. Thomas et moi sommes des orphelins. Je n'ai jamais pris le train en compagnie de papa. Jamais côte à côte nous avons tendu nos billets à un contrôleur. Ou face à face, nos jambes qui se croisent pour ne pas se gêner. Seulement en bateau. Il avait acheté un Tabor, pendant des soirées d'été, il disait qu'il rêvait de ça, il faisait le bruit du moteur avec sa bouche. On partait tôt, je préparais les sandwiches, maman ne se levait pas, la porte du garage restait ouverte. Il pêchait au lancer sur le lac de Guerlédan, moi la pêche m'ennuyait mais ce peu d'espace avec lui, au milieu de l'eau, notre intimité. Je manœuvrais le bateau, il regardait devant, il se forçait à me faire confiance. Quand on a acheté la maison au bord de la mer, il l'a vendu. Seulement la voiture. Un lundi matin, il m'emmenait au lycée de Guingamp. Il y avait une odeur de malabar à la fraise. On écoutait la revue de presse. Un camion a doublé en face de nous, papa l'a évité de justesse puis il a perdu le contrôle du véhicule. Nous glissions sur les graviers, en crabe, au travers de la route. La voiture sur le bas-côté et deux tonneaux dans un champ en contrebas. Lorsqu'elle s'immobilise, papa défait ma ceinture, me prend la main. Nous sortons par une porte à l'arrière. Nous courons, un talus, la voiture va peut-être exploser.

Il me met dans ses bras, il me serre si fort, ses baisers, je l'entends, il dit qu'il m'aime.

Jamais je ne rejoindrai ma famille. Je veux dire, un vendredi soir, en mai, répondre à des amis qui vous invitent pour un dîner : « non, je ne peux pas, ce week-end, je rejoins ma famille en Bretagne »

## 3.

Je l'ai attendu treize jours.

J'ai trouvé l'urne entourée d'un plastique dans son sac à dos, sous le lit de sa chambre. Je l'ai déposée sur le buffet, encadrée par une photo de papa et une bougie. Un autel ridicule pour moi qui n'ai jamais cru en rien. Treize jours où je ne suis pas sorti de la maison, pas même pour marcher sur la plage ou faire des courses. J'étais si fatigué.

Les prières et les chants, je ne les débutais pas. Nos tristesses avaient à être réunies et moi à les décider. Durant ces heures pour rien, je me suis fait à l'idée d'être devenu son second père, l'idée me plut. J'étais sûr de son retour.

J'ai fini lentement de repeindre les volets. Ça n'allait pas du tout cet orange, comme si la rouille avait pris le dessus. Je les ai redécapés, Mme Malgorn est venue m'apporter de la peinture qui lui restait sur les bras, son mari achetait toujours trop, c'était le bleu qu'il fallait.

– Une très bonne qualité de peinture, chère oui mais, en plus, elle nourrit le bois. Ça m'arrangerait que vous me payiez en liquide. Mon mari ne s'apercevra de rien, je ne voudrais pas qu'il me reproche de m'en être débarrassée.

Elle m'a proposé de me ravitailler. Un matin sur deux, elle cognait à la fenêtre de la cuisine, je préparais ma liste la veille au soir, avec un billet de deux cents francs. Je ne lui réclamais jamais la monnaie. Elle s'attacha à moi. Alors je l'ai tenue informée.

– Mon petit frère va venir vivre avec moi.

Et j'y croyais.

Ça allait recommencer.

J'écouterai ses blagues auxquelles je ne rirai pas, un instant délicieux où Guillaume perd pied – combien de temps tiendrai-je sans le prendre dans mes bras, le consoler, m'excuser ? Et il reprendra, en s'appliquant, marquant des pauses, travaillant sa voix, comme s'il se la répétait à lui-même ; il s'efforcera de comprendre ce que je ne comprends pas. Mon rire. Ses yeux qui brillent. Toujours il ignorera que je ne ris pas de la chute mais de sa détermination. De sa peine. Son charme. De mon amour pour lui.

Tout à nouveau.

Le premier qui pète. Qui dort. Qui jouit.

Le premier à qui la folle crie... Que nous criait la folle : Tais-toi ? Va-t'en ? Embrasse-moi ?

Mon pull sur son dos, notre brosse à dents.

Nous danserons la chorégraphie de *Bang Bang*. Mais sans la folle devant, face à la mer, nous derrière, en triangle, et sans papa réfugié dans les chiottes, honnêtement honteux.

Les parties de volley à la lueur des lampes Butagaz, les corvées de poubelles.

*Besa me mucho*, en essuyant la vaisselle, et les torchons animés, marionnettes à qui nous roulons des palots mouillés.

Son visage presque vert au réveil, sa manie de grimper à tous les arbres, ses concerts de petites cuillères.

Je me préparais au bonheur. Mme Malgorn me trouvait des jolies couleurs. J'étais heureux, pourquoi hésiter à le dire ?

Le quatorzième jour, j'ai pu l'attendre sans demeurer immobile, sans penser aux mots qu'il faudrait lui dire, sans imaginer notre vie. Je repris connaissance et avec moi, la mort de papa. J'étais seul. Pour de bon. C'est à cette époque que j'ai recontacté ma maison d'édition. Ils ne semblèrent pas surpris, je n'étais pas un revenant, je n'étais pas déjà mort. Pendant une après-midi, je me suis persuadé que Guillaume avait tout inventé, qu'il cherchait à me détruire et tenait là sa vengeance. Je n'arrivais pas à décider si je lui en voulais ou non. Puis j'ai téléphoné à Mme Racrib. Elle hurla en entendant le son de ma voix. Voilà, papa était bien mort.

La police fut incroyablement attentive à mon histoire. Ils allaient faire le nécessaire, transférer le dossier à la gendarmerie de Paimpol. Je devrai m'y rendre pour signer quelques formulaires et un procès-verbal. Le reste ne pressait pas. Je n'étais pas un cas. Ils insistèrent juste sur le fait que j'étais en possession des cendres.

– Vous êtes sûr qu'elles ne se sont pas égarées dans la

nature parce que si c'est le cas, on peut rien faire ou ça devient très compliqué... Avec les cendres, ça va.

Ça allait. Le quinzième jour, j'ai caché l'urne. Je pris peur de Guillaume. Il profiterait de mon absence, d'une simple inattention, il se faufilerait dans la maison, repérerait l'autel et disparaîtrait avec les cendres. Il nous volerait papa, j'étais convaincu de ça. Il allait tout gâcher.

J'ai transvasé le contenu dans un sac d'aspirateur que j'ai dissimulé à la cave, derrière les bouteilles de gaz. Dans l'urne, j'ai versé un mélange de sable noir et de farine.

Le seizième jour, Mme Malgorn m'ordonna de rester au lit. Elle me prépara un grog, je dormis jusque tard dans la nuit. Des rêves, je ne m'en souviens pas. Deux mois passèrent.

Le dix avril, Mme Malgorn fut la seule à me souhaiter mon anniversaire. Elle m'offrit un bouquet de lilas. Nous nous embrassâmes pour la première fois.

## 4.

– Moscou ne croit pas aux larmes.

Papa avait lancé ça après quelques minutes de silence, des vraies minutes pendant lesquelles j'examinais le bloc ensoleillé du dimanche, celui soudé à la fenêtre de la cuisine. Attendais-je qu'il chute ? Je croyais encore à l'exceptionnel. Non, la lumière, je me perdais dedans et c'était bien de ça dont il s'agissait, un éclaircissement. Aucun de nous trois n'a pleuré. C'était une phrase familière, domestiquée depuis longtemps, citée régulièrement comme d'autres familles ordonnent : restons groupés.

Elle doit venir de notre voyage en Russie, les dernières vacances familiales auxquelles je fus invité, j'avais quinze ans. Je pense qu'elle appartient à papa, elle porte sa signature. Maintenant on dira :

– Comme disait papa à propos de Moscou.

Et j'entendrai l'intonation de sa voix, ce matin où il nous annonçait le départ de la folle avec son bûcheron canadien... Qu'est-ce que je foutais en Bretagne, pile ce jour-là ? Qu'est-ce qu'on fêtait ? Un anniversaire de Guillaume, je ne me serais pas déplacé autrement, maman aura su mettre en scène les événements. Ses vingt et un ans, la vraie majorité, répétait papa. Puis au petit déjeuner, qu'il avait préparé, comme tous les petits déjeuners de notre famille, comme il déposait le dentifrice sur chacune de nos brosses à dents avant de monter se coucher, papa avait déclaré que notre mère, Notre Sainte Putain de Mère, s'était décidée à partir. Papa avait rajouté qu'il ne fallait pas lui en vouloir, qu'aucune vie n'est définitive, au contraire, c'était une très belle idée, celle de refaire sa vie, une idée qui réclamait un très grand courage. Il le pensait vraiment, j'en suis certain.

La folle avait laissé une enveloppe pour moi, des mots dégueulasses qui justifiaient sa fuite par le soi-disant scandale de mes livres ; j'aurais tellement aimé que ce soit vrai.

Pour Guillaume, rien. Juste le silence de papa et notre devise. Moscou ne croit pas aux larmes.

À la tristesse, maman avait adjoint la vexation. Pas d'enveloppe pour Guillaume, comme une torture de dernière minute dont elle ne pouvait pas se priver. Et papa n'avait rien fait. Moi j'étais déjà absent de la maison depuis trop longtemps.

Nous sommes tous partis nous laver. Avant, j'avais cru fin d'ajouter que Montréal non plus.

– Quoi ?

– Ne croit pas aux larmes.

Nous aurions dû rire. Papa n'a jamais été doué pour le rire. Ni les baisers, ni les rires. Pourquoi n'a-t-il pas embrassé Guillaume ce matin-là ? Pourquoi ne lui a-t-il pas dit qu'il l'aimait ?

Déjà quand nous étions enfants, Guillaume le lui reprochait souvent.

– Tu ne m'embrasses jamais.

– Ta mère ne m'en laisse pas le temps.

Non, papa était incapable d'une telle réponse. Il fixait son fils, le plus petit, le troisième, si fier et droit de son insolence, puis moi qui traînais toujours dans l'ombre de Guillaume. Il se taisait. Quelle sorte de mal lui avons-nous fait ?

## 5.

Un repas de vendredi soir, comme les autres. Du merlan et des pommes de terre sautées. Maman a oublié d'acheter du citron, Guillaume gueule que le merlan sans citron, c'est dégueulasse. Puis il reprend sa tête du moment, celle qui dit je ne suis pas heureux, envoyez les plats, qu'on en finisse. Le téléphone sonne, seule la folle se lève, ses hommes n'y sont pas autorisés tant que leur assiette est pleine. Quand elle revient, je laisse Guillaume demander c'est pour qui ?

– C'est pour Thomas.

Je jure que j'aurais été prêt à tout pour qu'un vendredi, une fois seulement, maman puisse lui répondre, c'est pour toi.

Je quitte le plus rapidement possible la cuisine, au téléphone j'abrège la conversation et lorsque je reviens m'asseoir, j'en fais trois tonnes, « elle me fait vraiment chier cette conne ». Papa me remercie d'un sourire.

Plus tard, alors que je me rase, papa frappe à la porte de la salle de bains. Je le fais entrer, il verrouille la porte derrière nous et s'assoit sur la baignoire.

– Ça te dérange pas si je fume ?

– Non, non... Je continue hein ? Fabrice passe me prendre à neuf heures.

– Dis Thomas, ton frère, qu'est-ce que tu en penses ?

– À propos de quoi ?

– Il s'enferme, c'est pas bon. Il n'a pas d'amis je crois. Pourquoi il est triste tout le temps ?

– C'est l'âge.

– Toi à son âge, tu n'étais pas comme ça.

– Oui mais moi, je n'avais pas maman.

Papa rit. Un vrai rire. Je manque de me couper en le regardant.

– Elle dit que Guillaume découvre son homosexualité, que ça le travaille. Il t'en parle ?

Papa prononce le mot pour la première fois devant moi, j'apprends qu'il le sait sans qu'il prenne la peine de me le dire. Il est si calme. Je le déteste.

– Non.

– Tu devrais discuter avec lui. Toi il t'écoute. Aide-le à dédramatiser.

Dédramatiser ? Papa se fout de ma gueule.

– C'est pas mes affaires.

Je me construis une image où le corps de Guillaume s'allonge sur le corps d'une fille. Je guette la jouissance sur son visage. Je cherche une preuve. Quelqu'un tente d'ouvrir la porte.

– C'est toi Thomas ?

– Oui oui...

– Je t'ai dit combien de fois de ne pas fumer dans la salle de bains ! Éteins-moi ça tout de suite et dépêche-toi.

Papa obéit à la folle.

– Et toi ?

– Quoi moi ?

Papa glisse de la baignoire, il s'assoit en tailleur sur le tapis de bain. Une position qui n'est pas de son âge, un geste d'étudiant, de colocataire, mais un geste naturel.

– Je sais que tu écris. Tu ne fais même que ça. Je vois bien que la fac ne t'intéresse pas. Tu vas nous faire lire ?

– Tu aimerais ?

– Bien sûr Thomas, qu'est-ce que tu crois ?

– Je pense pas que tu aimerais.

– Pourquoi ?

– J'écris sur maman.

– Ah...

Ah quoi, putain ! ah quoi ?

J'écrivais pour sauver Guillaume, papa, pour nous sauver. J'écrivais pour qu'elle le laisse tranquille. J'ai cru qu'un livre suffirait, que la honte la ferait fuir, que le déshonneur l'empêcherait de vivre à nos côtés. Je n'avais pas d'autres comptes à régler que celui-là. Pas d'autre cible. Un livre n'a pas suffi. Il en a fallu deux et presque quatre ans. Mais c'était gagné. Gagné !

Comment n'as-tu pas pu prendre les choses en main, envisager le nouveau bonheur de notre famille ?

C'était soudain si facile à faire, qu'avais-tu à craindre ? Qu'allons-nous devenir maintenant ?

Toi seul pouvais expliquer à Guillaume combien je l'aime, mon esprit de famille. Il ne faut pas rire de cette formule, je la pense réellement. Il aurait été heureux aimé par nous deux. Pour moi, c'est fini. Et je te jure que je ne pleure pas de ça, si tu savais comme j'ai pu t'aimer, comme j'ai vraiment cru à notre bonheur. Je pleure parce que Guillaume ne s'en sortira pas et que je serai le seul responsable. Tu nous abandonnes à la folle, nous sommes à sa merci.

De quoi es-tu mort ?

Mme Malgorn m'a retrouvé sur la terrasse avec le sac d'aspirateur entre les jambes. Il avait plu, une tempête. Vous n'êtes pas raisonnable, elle a dit. Elle a cherché des vêtements secs dans la maison, moi je suis descendu à la cave. Le sac était trempé, je l'ai mis près de la chaudière.

Le soir, elle m'a invité à manger chez elle. Vers dix-neuf heures. Quand je suis rentré dans leur maison, ça sentait l'ail et la toile cirée. Son mari, qui ne m'avait jamais vu, s'est avancé vers moi, il tenait un verre de Ricard dans chaque main.

– Alors notre écrivain, qu'est-ce qu'il écrit en ce moment ?

J'ai dit la vérité.

– Rien.

## 6.

La chambre où je m'éveillai était chaude et ensoleillée. Du jaune et du orange, en grandes fleurs, un couvre-lit comme du vieux velours, vert pomme, avec des franges. Plus loin, une odeur de café et de pain grillé, des pas lourds dans l'escalier, j'ai dormi en slip, Mme Malgorn frappa à la porte.

– Allez Thomas, il est dix heures et demie.

Elle entra sans attendre ma réponse.

– On dort bien ici. Vous verrez.

J'avais dû boire, m'exalter. J'avais fait des promesses que je ne pouvais pas tenir.

J'ai pris son petit déjeuner sans un mot. Elle parlait de son mari parti au bourg acheter le journal.

– Deux heures pour un journal, il n'y a pas plus commère que lui.

J'imaginais ce qui se disait au café du port à propos de l'écrivain, soûl, chialant sur la mort de son père. Et des commentaires faits. Qui d'ici avait connu papa ? Des gens qu'on croyait sans histoire, ainsi concluait le père Malgorn.

– Vous en voulez ou pas d'un autre café ?

– Non je vous remercie. Il faut que je parte.

– À ce soir alors, mon mari passera vous prendre vers six heures.

Je me suis enfui.

À la maison, j'ai tout coupé. Le gaz, l'électricité, le chauffage. J'ai rassemblé mes affaires dans deux gros sacs poubelles, fermé les volets et j'ai pris un taxi jusqu'à Paimpol.

En compostant mon billet, j'ai réalisé que j'avais oublié les cendres derrière la chaudière, aussi que j'allais retrouver mon appartement, la salle de bains.

Il recommença à faire jour quand je prenais mes repas le soir. Rue Oberkampf, les cafés poussaient leurs tables sur les trottoirs. J'ai toujours aimé le mois de mai à Paris, toujours trouvé que le printemps était plus joli en ville qu'à la campagne.

Je repris mes habitudes. Les apéros avec Nico et Isa à la terrasse des Couleurs, mes promenades la nuit le long de la rue Folie-Méricourt, les dimanches après-midi aux puces du canal Saint-Martin. L'air était doux, il traînait avec lui des envies d'amoureux. Je revis Tatiana. Son appartement sous les toits, son rire et sa peau. Je repris l'écriture. Contacté par les Éditions de l'Étoile, j'acceptai de traduire l'autobiographie de Tarkovski. Ils me proposèrent une avance incroyable, mon nom semblait avoir pris de la valeur sur le marché.

Trois soirs de suite, je rôdais en bas de l'immeuble de Guillaume. J'avais repéré les fenêtres de son appartement au quatrième étage. Je guettais sa vie à travers des rectangles circonscrits, une géométrie qui m'obligeait à la patience, moi qui rêvais d'élan. Quand j'eus la preuve qu'il ne vivait pas seul, j'abandonnai. Mon petit frère n'était pas en danger, les fenêtres ouvertes laissaient passer de la pop britannique, Prefab Sprout, Housemartins, les La's... Guillaume copiait ma musique, il ne m'oubliait pas.

Aujourd'hui, pour la première fois depuis mon retour, j'ai pris un bain. Je m'étais arrangé pour prendre ma douche à la piscine, chez Tatiana ou aux bains publics d'Oberkampf, puis ce matin, j'ai ouvert la porte de ma salle de bains. J'ai nettoyé la baignoire à l'eau de Javel, pas tant pour désinfecter que pour me perdre dans une odeur. Seules, sur le carrelage, des empreintes de chaussures, celles des pompiers je pense, donnent l'idée d'un passage, d'une trace. Papa n'a laissé aucune affaire derrière lui. Pas de vêtements, de désordre, de nourriture pourrie dans le frigo. Il semble n'être venu chez moi que pour le faire.

Allongé, j'ai attendu que l'eau se refroidisse complètement. Ça n'avait pas grand-chose à voir avec le désespoir, ni une tristesse ou une mélancolie. C'était un moment vraiment calme, presque fantôme. La baignoire s'est vidée, je suis resté dedans, pour voir. Rien ne s'est passé. Je m'étais fabriqué des peurs d'enfant. Quand la baignoire sera vide, le sang de papa jaillira du siphon. Quand le sang jaillira du siphon, le téléphone sonnera.

Quand je décrocherai, la voix de Guillaume hurlera « c'est toi qui as tué ». Mais non, juste mon corps nu sur l'émail blanc. Pas de malédiction, j'ai pris froid, c'est tout.

Mon front est haut et plat. Mes yeux creusés, je regarde de loin, et clairs, mon regard ne tient pas. Mon nez droit. Ma bouche, un quartier de fruit, les lèvres épaisses, elle fait des fossettes quand elle sourit. T'es beau comme garçon, disait Cécile. Et comme fille ? Ça ne la faisait pas rire. Tatiana ne m'a jamais dit qu'elle me trouvait beau, elle se méfie de moi. Suis-je amoureux d'elle ? Je n'aimerais pas trop ça, être le père de ses enfants. Il faut que je quitte.

Désormais, je m'envisage doucement.

# 7.

Je cherche à reconnaître la voix, forcément la voix trahit. Un instant, je crois reconnaître Nico, et c'est assez son genre de blague. Je rentre dans le jeu.

– Mais qui vous a donné mon numéro ?

– C'est un ami à vous que j'ai rencontré il y a trois, quatre mois environ. Quand il est venu chez moi et qu'il a vu votre livre traîner sur mon lit, il m'a dit qu'il vous connaissait. Lorsqu'il est allé aux chiottes, j'ai fouillé dans son agenda et voilà.

– Dites-moi qui c'est...

– Non, j'aimerais pas trop qu'il soit au courant, il m'en voudrait je pense.

– Et comme ça, trois mois après, à onze heures du soir, vous vous êtes dit : « Tiens, je vais lui téléphoner. »

– Ben oui... Vous trouvez ça nul ?

– Non, mais j'avoue que je comprends pas trop votre intérêt, là, soudainement.

– Je sais pas, j'aime bien vos livres. Et puis j'avais lu un portrait de vous dans *Le Nouvel Obs*, ça m'avait déjà donné envie de vous rencontrer. Peut-être que vous rencontrez jamais vos lecteurs ?

– Si si, ça m'arrive... Rarement à onze heures du soir, mais ça m'arrive.

– Moi je vous proposais ce soir, mais on peut se voir demain si vous préférez ?

– Non, non, pourquoi pas ce soir... Vous êtes où ?

– À Bastille, et vous ?

– Vers Goncourt... Vous avez un bar favori ?

– On peut se retrouver devant l'Habitat de République, après on trouvera bien un café.

– O.K. ! Dans quoi ? Une demi-heure ?

– C'est bon.

– Et je vous reconnais comment ?

– Moi je vous reconnaîtrai.

Dans le hall de mon immeuble, le miroir me renvoie une image de surfeur. Je ne ressemble pas à un écrivain, j'ai la flemme de remonter mes six étages. Comme un soir d'été, une chaleur douce et orangée. Je fume de nouveau. Au croisement avec l'avenue Richard-Lenoir, deux vendeurs du Mac Do poussent des conteneurs, ils portent tous les deux un caleçon à fleurs et chantent « ce soir je serai la poubelle pour aller danser ». Ils gloussent, une excitation de fillettes. Il y a un concert au Gibus. Des enfants de quinze ans, déguisés en punks, boivent de la bière à l'entrée du passage. Ils me réclament des clopes, je suis disposé, ça m'étonne.

Un jeune homme attend devant les portes du Go Sport, on avait dit Habitat, il porte des cadres sous le bras. Quand je m'approche, il me sourit. Ce sont des vues de Montmartre au pastel gras, affreux. Ce mec veut me vendre quelque chose.

– Vous êtes Thomas Valentés ?

– Oui, et vous ?

– Pardon, Medhi.

Il me tend la main, et son geste est tellement brusque et compliqué que j'entends les sous-verres se briser.

– Merde. C'est rien, c'est pas grave.

– Fais gaffe de pas te couper.

– C'est bien d'être venu, t'as dû me prendre pour un taré.

– Non, pour tout t'avouer, je croyais que c'était une blague d'un copain. On fait quoi ?

– T'as toujours envie d'aller prendre un verre ?

Medhi marche vite, il ne se retourne pas vers moi, il s'en fout que je le suive ou non. Nous traversons la place de la République. Il me désigne du doigt deux bars assez nuls, je le laisse choisir. À peine entré, il dit qu'il y a trop de monde, qu'il n'aime pas ça. Je m'assieds à une table.

– Deux bières... Alors, raconte-moi ta vie.

– Attends. Je suis venu, maintenant à toi de me dire qui t'a donné mon numéro de téléphone.

– Ça sert à rien, je le vois plus ce mec. Ça n'a pas d'importance.

– Pour moi si.

– C'est Guillaume, ton frère.

Je vais me lever, en silence. Le temps qu'il mettra à payer les bières, je disparaîtrai dans le métro.

– Tu vois, c'était mieux de rien dire.

– Non, pourquoi ? Vous étiez ensemble avec Guillaume ?

Je connais la réponse, j'ignore pourquoi mais je sais déjà que cet homme est aimé par mon frère. Je prends peur.

– Oui, pendant neuf mois.

– Une vraie histoire alors...

– Ben oui.

– Je comprends mieux pourquoi tu voulais me voir.

– On n'est pas obligés de parler de Guillaume.

– Non. Mais visiblement, ça nous intéresse tous les deux. Je peux poser des questions ?

– Ça dépend des questions.

– Vous êtes partis ensemble à Tenerife ?

– On s'est rencontrés là-bas.

Ce garçon a été aimé par mon petit frère. Touché. Caressé. Sucé. Enculé. Cette image-là, la bouche de Guillaume, dedans, le sexe d'un homme, pourquoi me détruit-elle ? Je ne veux rien dire.

- Je crois pas que Guillaume aimerait ça.

– Quoi ?

– Qu'on parle de lui, nous.

– Il le saura pas. Je t'ai dit, ça fait deux mois qu'on est séparés.

Un garçon se penche vers nous, derrière lui un groupe de cinq personnes. Il nous demande si on peut se déplacer, s'installer à l'autre table devant, afin qu'eux puissent s'asseoir ici et sur la table d'à côté. Je mets un temps à comprendre sa démonstration, Medhi s'est déjà levé. Nous nous retrouvons coincés près de la porte d'entrée.

Je dois retenir les mots. Me forcer au silence. De quel droit entrerais-je ainsi dans la vie de Guillaume ? J'attends que ce garçon déballe ce qu'il a à dire et je me casse. Je n'aime pas cet endroit.

– Tu sais que ton frère écrit ?

– Non ? C'est vrai ?

– Il a fini un roman.

– Tu l'as lu ?

– Oui... Il l'a envoyé à plusieurs maisons mais il a obtenu que des réponses négatives.

– Il faut qu'il me le donne ! J'en reviens pas, c'est génial.

– Je pensais qu'il t'en avait envoyé un.

– Non, non. On s'est pas vus.

– Tu l'as pas vu depuis son retour ?

– Si si, en janvier. Mais depuis non.

– Ah, je croyais.

– Il t'a dit qu'il me voyait ?

– Oui, c'est pas grave. Je suis plus à un mensonge près.

– Il t'a souvent menti.

Je ne peux pas m'empêcher de rire.

– Guillaume ne sait pas ne pas mentir. Il croit toujours que ça va lui faciliter la vie et non.

– Faut pas que tu aies une mauvaise image de lui. Je suis sûr que c'est un mec bien. Tu dis ça parce que vous êtes séparés.

Comment je parle ? D'où me vient cette bonne humeur ?

– Ça fait une semaine que c'est fini.

– Toi aussi tu mens.

– Non, je me protège.

– C'est toi ou lui ?

– C'est moi mais c'est lui qui m'a obligé à partir. Enfin, il ne m'a pas donné la possibilité de rester.

– T'es toujours amoureux de lui ?

– Non, je l'aime plus. Je lui avais dit que le jour où ça finirait entre nous, je viendrais te voir... Alors voilà.

– Pourquoi me voir ?

– Il parle beaucoup de toi, j'étais peut-être jaloux. Et puis ça lui faisait peur, il craignait vraiment qu'on se rencontre.

Je voudrais savoir ce que c'est d'être aimé par mon frère. Comment il donne des preuves d'amour ? Ses mots au réveil ? Les gestes qu'il fait ? La façon dont il se sert de son corps ? Medhi est beau, je sens bien que je suis fier.

– C'est vrai ce que tu racontes dans tes livres ?

– À propos de quoi ?

– De Guillaume et votre mère.

– Plus ou moins, oui. T'as lu mes livres ? Guillaume les a ?

– Non, il m'en a seulement parlé.

– Il t'en a dit quoi ?

– Qu'ils le dégoûtaient.

– Je ne pense pas que ce soit mes livres qui le dégoûtent mais ce qu'ils racontent.

– Tu sais qu'il ne s'en remet pas.

– Écoute, j'ai pas vraiment envie d'en parler, là, avec toi...

– Ça t'énerve hein ? Tu savais pourtant ce que tu faisais quand tu les écrivais.

– Qui tu es pour me dire ça ? Qu'est-ce que tu sais de l'histoire de ma famille ? Ce que Guillaume a bien voulu t'en dire, et toi-même tu l'admettais, il y a pas plus menteur que Guillaume. Alors s'il te plaît...

– Guillaume avait raison, t'es assez lâche dans le fond.

– C'est bon, je me casse.

Dehors, sa main se pose sur mon épaule, elle croche mon blouson. Je ne suis pas prêt à me battre.

– Excuse-moi, je suis énervé. En fait, tu vois ces dessins, je reviens de les récupérer chez lui. Il m'a quitté hier. Ces dessins, c'étaient des cadeaux, il en voulait plus. Il est assez doué pour faire du mal, des coups bas, je pensais pas. Moi j'en ai rien à foutre de votre famille à la con, je demandais juste de pouvoir l'aimer, je suis sûr qu'il a besoin de quelqu'un comme moi. Ma famille ne vaut sûrement pas mieux mais elle me laisse tranquille. Guillaume m'a dit que c'était une matière rêvée pour tes livres, mon histoire, c'est ce jour-là que j'ai décidé de te rencontrer, je voulais ça, que tu fasses un livre de mon enfance et que ça ne change rien. Je voulais montrer à Guillaume qu'on était forcément plus fort qu'un livre. Et j'en ai rien à foutre que ce soit un truc un peu con et naïf... Mon père démolissait des immeubles, d'ailleurs il doit toujours le faire. Il était responsable des opérations, il étudiait les plans, décidait où placer la dynamite, disait quand appuyer sur le bouton. Moi j'avais dix ans, et je le suivais sur les chantiers pendant les vacances, j'adorais. Les gens pensaient que c'était pas sérieux de la part de mon père de m'emmener avec lui, que c'étaient des endroits vachement dangereux pour les gosses. Lui me faisait confiance, il ne vérifiait même pas que j'étais bien derrière le périmètre de sécurité quand il donnait l'ordre d'allumage. Il m'avait expliqué une fois à quel moment je devais sortir des immeubles, les codes des sirènes et point. C'était sa façon de m'aimer, ce truc de confiance. De ne pas avoir peur pour moi, d'être fier. Un immeuble vide, tu peux pas imaginer le terrain de jeux que c'est, je passais des journées à m'inventer des vies différentes dans chaque appartement, j'étais le roi de châteaux abandonnés, le prince oublié. Une après-midi, j'ai voulu voir ce que ça faisait. Rester à l'intérieur quand tout tombe, vivre l'effondrement. J'étais sur un balcon, au troisième étage. J'ai entendu les sirènes, à la deuxième je me suis caché à l'intérieur, je croyais que papa m'avait vu. Le bruit de la détonation. Je suis presque sûr qu'il m'avait vu. J'ai passé une année entière à l'hôpital puis deux ans dans un centre de rééducation. Pendant la première année, ma mère n'a pas quitté ma chambre, elle ne m'a pas lâché du regard une minute. La nuit quand je m'éveillais, mes yeux cherchaient les siens et les trouvaient grands ouverts. Je n'ai jamais bien compris d'où elle tirait sa force, c'était même pas une folie. Je ne sais pas à quel moment ils se sont séparés. Juste je me souviens qu'un jour j'ai pu parler, que j'ai demandé où était papa. Elle a répondu : « Ne me parle plus jamais de cet homme. »

Sa main se détache, mon épaule est libre. Il s'avance

vers le couloir de taxis. Il ouvre une portière, dépose les cadres à l'intérieur et il revient vers moi. Un instant je pense qu'il va m'embrasser sur la bouche, je ne crois plus à son histoire, me persuade que c'est un admirateur, un fou, puis je tombe sous le choc. Je me relève lentement. Medhi s'engouffre dans le taxi. Je passe ma main sur mon visage. Quand je la regarde, elle est pleine de sang. Je ne sais pas trop si c'est mon nez ou mon front. Je cherche un mouchoir dans mes poches, je suis en train de me foutre du sang partout. Je m'assois sur le trottoir contre les vitrines de Tati. Ça me chauffe et se contracte. Il faut que je rentre chez moi, me nettoyer, mettre de la glace. Je vais rentrer en courant, le nez en l'air.

Je bourre mes narines de coton. Au-dessus du sourcil, un pansement. Je garde mon tee-shirt taché de sang, je me mets en slip. Je n'ai jamais ressemblé à ça. Les fenêtres ouvertes, *Köln Concert* en boucles. L'heure est à l'écriture ! Je gueule. Je danse comme un crétin. Je m'installe devant l'ordinateur. Je sais désormais que je peux avoir confiance en Guillaume. Je crois en lui. Je vais commencer mon nouveau livre par la fin.

## 8.

Les Sept Iles, 3 juin.

Guillaume,

J'ai fermé les volets et laissé la fenêtre ouverte. Cette pièce donne sur le jardin avec, à quelques mètres, la falaise tombant dans le Saint-Laurent. L'eau ici n'a pas le bruit de mer, c'est une eau silencieuse, je n'entends que les bateaux. Et des phrases en italien, la gamine de la maison d'à côté révise ses examens avec des cassettes audio. C'est insupportable. Il est quinze heures. J'ai fini de ranger la cuisine, je suis en vacances, je reprends dans quatre jours. J'ai rendez-vous chez le coiffeur cette après-midi, finalement j'ai assez envie de laisser pousser mes cheveux. Il faut que je téléphone pour annuler. Il faut aussi que je passe à la poste. J'ai pris la décision de t'envoyer une lettre.

Depuis mon arrivée ici, je t'écris chaque jour, parfois seulement quelques mots. C'est dur de t'écrire, aussi dur que de te parler. Mais ne pas te voir, ça ne peut pas durer. À cause de cette lettre, tu vas peut-être penser, tiens la mémoire lui est revenue, elle se souvient qu'elle a un fils. Et je comprends que tu penses ça. À mesure que s'additionnent les jours sans toi, ma mémoire ne me console plus. Moi qui croyais que tes souvenirs me suffiraient, qu'il fallait que je te laisse un peu vivre. Aujourd'hui je vois bien que non, je deviens folle en imaginant cette vie, je fais des rêves impossibles où je ne te reconnais pas, où à ton visage se substituent d'autres traits, une autre voix. Je ne me plains pas, c'est de ma faute et je ne le regrette pas. Je suis heureuse avec Mattew, tu le sais, je te l'avais expliqué avant de partir, je n'ai pas changé d'avis. Mattew est l'homme de ma vie, ton père n'y est pour rien.

Je pleure un peu cette après-midi, tu dois me le reprocher. N'as-tu pas oublié ce que tu disais à propos des mères, qu'elles ne pleuraient pas, jamais et qu'on les reconnaissait à ça, leurs yeux secs. J'ai trop pleuré devant toi, je n'ai pas été la bonne mère. Cette phrase est lourde, je le sens bien, qui ne veut pas dire grand-chose, pourtant combien de nuits avant simplement de réussir à la dire à voix haute, puis à Mattew. La bonne mère comme on parlait de la bonne mort au Moyen Âge, celle qui assure l'accès au paradis. J'ai trouvé un poste ici, dans un lycée et c'est difficile, j'ai du mal à retravailler. Chaque fois que je parle un peu de la France à mes élèves, il y en a toujours un pour hurler du fond de la classe : « Madame, c'est pas dans le programme. » J'y comprends pas grand-chose, rien, à leur programme, je récite des cours par cœur. C'est reposant. Ma vie est reposante. Les Sept Iles, son rythme de port, la maison de Mattew sur la falaise, le Saint-Laurent. Les jours de pluie, les balades en bateau à moteur autour de l'île d'Anticosti, la neige et la vie de sous-sol. Voilà le programme. Ça ne doit pas vraiment correspondre à ce que tu espérais pour ta mère, cette manie que tu avais à vouloir être fier de moi. As-tu grandi sur ce point ? As-tu eu ta licence ? Travailles-tu ? Vis-tu avec quelqu'un ? Vois-tu parfois Thomas ? Ce sont des questions bêtes, je sais, et douloureuses, je t'assure, quand elles sont sans réponse.

Je t'aime Guillaume, et c'est absolument terrible de penser à ça, pour moi il n'y a plus de place sur terre. Comment les choses se passent-elles chez les autres ? Comment font-ils ? Je n'étais faite que pour être près de toi, je n'ai plus de force pour la patience. Et ai-je le droit de parler ? J'ai cru que mon départ signait le début de mon silence, aux yeux du monde je n'étais plus ta mère puisque je te laissais. Aucune justification, aucune histoire ne me permettait de dire à quelqu'un « mon fils Guillaume ». Je n'étais plus ta mère, c'était l'échange, le pacte qui couvrait mon bonheur. Je n'étais plus ta mère, pour les gens qui passent autour, je pouvais partir alors, vivre ma vie. Je n'avais le droit de rien réclamer, de rien prétendre. Ton père a été assez doué pour ça finalement, me convaincre, m'enfermer. Ça ne marche pas cette idée.

Il faudrait que je parle d'autres choses. De la maison, de mes nouveaux amis, des hortensias qui me rappellent l'Ile Grande, de l'Amérique. Dès fois je pense, à quarante-cinq ans, j'ai tout quitté pour partir en Amérique. Admets que c'est autrement romanesque que les livres de ton grand frère ! Je ne sais pas où j'ai trouvé la force pour le faire. Je pourrais dire que c'est uniquement par amour pour Mattew, mais bon, ça ne tient pas non plus. Je pourrais dire que c'est toi qui m'as poussée à partir, que sans ta permission, je ne l'aurais jamais fait, pourtant je sens que si, je l'aurais fait.

Je suis heureuse, je suis heureuse, mais je ne peux pas vivre sans te voir. Alors, je vais venir. Je serai à l'Ile Grande pour ton anniversaire. Préviens ton père, j'aimerais que nous soyons seuls. Je n'ai pas été très exigeante pendant toutes ces années, ils me doivent bien ça, lui et ton frère. Je pourrai rester plusieurs jours même.

Tu verras, mon chéri, nous allons nous amuser.

Maman

PS : Je porte toujours l'imperméable de ton père, ceinturé à la taille, comme tu y tenais. Ce ne sont plus tes mains qui serrent la ceinture, mais lorsque je reproduis ton geste, c'est avec ta violence.

# 9.

Quand Guillaume sonne, je me brûle. Un doigt contre le fer à repasser. J'ai mis une couverture cousue avec un drap blanc sur la table, comme une petite vieille. Je propose un café, il l'accepte. Je n'ai plus de filtre, je file aux chiottes chercher du papier toilettes. Là, je me recoiffe, je vérifie la propreté de mes dents. Je me parfume. Rien de moi ne doit lui déplaire. C'est mal parti.

Quand je reviens, Guillaume n'est pas là. Il a bien fait, pas de choses inutiles, nous pouvons très bien nous passer l'un de l'autre. J'entends sa voix.

– T'as acheté le dernier Divine Comedy ? Je croyais que t'aimais pas ça...

Mon petit frère fouille dans ma chambre. J'ai treize ans.

– J'aime pas ça.

Ce con s'est acheté une tour en bois noir pour ranger ses CD. Bien alignés, par ordre alphabétique. Je suis sûr qu'il a noté ses initiales sur chaque pochette. Je m'allonge sur son lit, ça sent lui.

– Ben vas-y Guillaume, te gêne pas, fais comme chez toi.

– Je pensais que c'était plus grand...

– Le tien est comment ?

– Je sais pas, presque le double, je pense.

– Il s'est pas foutu de ta gueule, papa.

– Non, il s'est pas foutu de ma gueule. Alors, tu deviens quoi ? T'es rentré depuis quand ?

– Mi-mai. J'ai risqué la prise d'otage.

– Hein ?

– Les Malgorn, tu vois ? Ils m'ont trouvé soudain très sympathique, en une nuit ils ont voulu m'adopter.

– Ils ont des gamins... Je me souviens de l'aîné, il faisait du surf.

– Je sais pas. En tout cas j'ai dû m'enfuir.

– T'es con, ils ont du fric. T'aurais pu espérer un héritage.

– Et toi ?

– Moi je suis venu chercher mon cadeau d'anniversaire.

– On est le combien ?

– C'est demain... J'ai récupéré la voiture d'une copine, Aude. Tu veux pas qu'on descende en Bretagne ?

– Quand ? Maintenant ?

– On fêtera ça là-bas.

– Ben...

– Ben, t'as pas vraiment le choix.

Nous sommes près de Rennes. Il faut qu'on s'arrête pour que je lui achète un cadeau. À l'Ile Grande, je ne trouverai rien. Guillaume conduit depuis Paris. Je suis interdit de volant. À cause de l'assurance, il prétend. Je vois pas pourquoi l'assurance permettrait que lui conduise et pas moi, qu'est-ce qu'il essaie de me faire croire ? Qu'il a emménagé avec cette fille ? Il faut que je lui parle de Medhi. Guillaume se retourne souvent vers moi.

– Quoi ?

– Rien.

Il me sourit.

– On s'arrête manger à Rennes ?

– Il est quinze heures, tout sera fermé.

– Un Mac Do...

– Tu bouffes des Mac Do, toi maintenant ?

– Attends ! Tu me prends pour qui Guillaume ?

La poste est de l'autre côté de la rue. Thomas est parti passer un coup de fil ultra-urgent. Ça dure. Je me penche vers la Vilaine. L'eau noire et écumeuse. Quatre années j'ai été le roi de cette ville. De dix-huit à vingt-deux ans, c'est Rennes.

Dépassé Saint-Brieuc, je m'endors contre la vitre, je lui prouve que je sais lui faire confiance. Demi-sommeil.

Le bleu des volets redonne un éclat franc à la maison. Encore peu de monde sur la plage, une fréquentation d'hiver alors que le soleil est déjà là. J'attends sur la terrasse que Thomas relève le store de la baie vitrée. D'abord j'aperçois ses tennis orange avec une grosse semelle, puis le revers de son jean qui remonte presque au milieu de son mollet. Plutôt moule-burnes, ce jean. Il porte une ceinture noire très large, et son vieux pull marin rayé blanc et rouge, trop petit, qui le serre. Il regarde derrière lui, il se fait pousser des pattes très fines qui coulent sur ses joues.

Il y avait un mot de Mme Malgorn, dans une pochette plastique, punaisée sur la porte, où elle dit qu'elle s'est permis d'utiliser la clé cachée sous l'hortensia de l'entrée, qu'elle a fait du ménage et décongelé le freezer du frigo. Que je dois penser à rallumer la chaudière pour l'eau chaude quand je rentrerai. Elle m'embrasse. Je cherche mon petit frère dans la maison, sans l'appeler. Je cherche à le surprendre.

Guillaume sort les pulls de la commode. Il les sent, les repose sur le lit, les trie. Quand il me voit, il dit :

– Ils portaient que des pulls, les parents, ou quoi ?

Je prendrai l'urne sur le buffet, c'est moi qui aurai le droit de la porter. Nous descendrons sur la plage, vers le Coin des Étoiles de mer. Je poserai l'urne entre nous, enfoncée dans le sable. Je dévisserai le couvercle, Thomas me laissera faire. Est-ce qu'il pleurera de nouveau ? Puis il faudra la soulever et la retourner, libérer les cendres. Près de l'eau, il y a toujours du vent, elles s'éloigneront vite. Peut-être certaines se colleront à nos vêtements, nous brosserons chacun ceux de l'autre pour les détacher. Ce sera un moment doux.

Je dois lui dire que ce ne sont pas les bonnes cendres. Les vraies sont derrière la chaudière. Guillaume s'est assis sur le sable, il nous raconte :

– Tu te souviens de la poussière d'or ?

– Quelle poussière ?

– Mais si, la matière des falaises vers la crique des Demoiselles.

– C'était interdit d'aller là-bas.

– Moi j'allais souvent. J'avais mon endroit secret, là où l'argile gagne sur la plage. Il fallait attendre la marée basse et gravir un peu les rochers, s'érafler les pieds, les mains. J'adorais. Je creusais, je façonnais une grosse boule puis je remontais vers la crique d'après, celle des nudistes. Il y avait jamais plus d'une dizaine de personnes sur cette plage. J'attendais d'être bien sec, alors je me déshabillais entièrement. Je m'asseyais sur mon tee-shirt, je fixais le soleil. Je me préparais. Je mélangeais lentement mes mains à la terre crémeuse, chaque doigt enduit me réjouissait. J'étalais cette argile sur mon corps, partout. Les gens ne faisaient pas attention à moi ou si oui, ils pensaient que je me tartinais d'ambre solaire.

– Tu le faisais à quel âge ?

– J'ai dû commencer vers dix, douze ans. Ça prenait du temps avant que l'argile ne laisse plus qu'une poudre d'or sur la peau. Je traversais la plage. Au bord de l'eau, je m'arrêtais. Je m'offrais au soleil. Il me faisait étincelant, beau comme un prince. Je n'étais plus qu'une douceur qui brille.

– T'as trop regardé *Estéban et les Cités d'Or*, Guillaume !

– Et je m'enfonçais dans l'eau. C'était royal... Donne l'urne.

Guillaume frotte les bords avec son doigt, il trace deux

bandes sur chacune de ses joues. Il me tend l'urne, je dois faire comme lui. Une peinture de guerre. Lui : « Allez ! Fais un effort ! » Il se déshabille, en slip, court dans l'eau. L'eau est froide, je me force. Guillaume est déjà loin.

Une goutte tape contre ma joue. Je l'attrape avec ma langue quand elle passe près de la bouche. C'est froid et salé... je ne crois pas que ce soit ça. On m'éclabousse plutôt. Je me retourne. Thomas rit dans le soleil. Je m'accroche à son cou. Il me fait la courte échelle et je dois plonger. Mais je ne plonge pas, sur la terrasse, maman est là qui nous regarde. Je la vois et je vois qu'elle me voit la voir. Je monte sur les épaules de Thomas, m'assois dessus, nous basculons dans l'eau. Ses yeux grands ouverts avec des bulles entre les cils. On se défie. On attend de connaître le premier qui va mourir. Soudain Thomas ne joue plus, il se relève, respire hors de l'eau, puis replonge, m'attrape par la taille, me griffe. Il veut me virer mon maillot. Je me fais le plus lourd possible. Il remonte à la surface, là où c'est brillant, et revient. Il n'arrive pas à détacher les bras que je tiens serrés autour de mon corps. Il me tire par les cheveux. Je suis un caillou qui avale de l'eau. Cette fois, quand il repart vers le ciel, je ne le vois plus. Seulement une toile translucide, orange et veinée. Ne crie pas, maman, je crois que je vais gagner. Regarde.

## 10.

Maman s'approche de moi, sa bouche se pose sur ma joue. Je l'entends me dire « Thomas ». Quand son visage s'écarte du mien, je cherche à évaluer son émotion. Il n'y a rien.

Je marche dans la maison, la plage est envahie de maillots de bain, de parasols. Si je reste sur la terrasse, je ne peux pas échapper aux rires des enfants. Je devrais en profiter pour aller faire des courses, l'Unico doit être désert.

Une heure du matin, la nuit me fait peur. Face au miroir du salon, je m'observe, non, plutôt je me surplombe et je pense : mon corps a quels parents ?

Je m'enferme dans la chambre de Guillaume. Allongé sur son lit, j'essaie d'écrire :

Depuis deux jours, Medhi débarrasse les tables à l'Hippopotamus. Il prend son service à dix-sept heures jusque deux heures du matin. Normalement, il devrait passer serveur courant du mois.

Le 14 juillet, il remonte de Nation vers République, à vélo. Près du cinéma Majestic, place de la Bastille, des crétins lui jettent des pétards dans les roues, il manque de tomber. Ça le fait rire, sa mauvaise humeur.

Une nuit, il passe sous les fenêtres de Guillaume en rentrant du travail, il aperçoit la pancarte de l'agence immobilière, il ne se pose pas de questions.

Une autre nuit, en attendant à un feu rouge, il décide de retrouver son père. Il a besoin de le voir, savoir comment il a vieilli. Quand le feu passe au vert, il se met à pédaler plus fort, il cherche à prendre de la vitesse. « Mon père », il le nomme à voix haute, « Claude », son prénom.

Il attache son vélo contre un arbre du canal Saint-Martin, il descend sur le quai pour trouver un garçon. À cette heure, l'été, il n'y a plus grand monde à traîner. Il se dit qu'il n'a rien à gagner à rester là. Il remonte seul.

Les derniers soirs du mois d'août, sur le trajet qui le ramènera chez lui, il chantera toujours la même chanson. Un vieux tube des années quatre-vingts qui dit « les papillons en l'air... ».

DU MÊME AUTEUR

La Douceur
*roman*
*Éditions de l'Olivier, 1999*
*et « Points », n° P 1366*

Le Pire du troupeau
*théâtre*
*Éditions de l'Olivier, 2001*

Scarborough
*roman*
*Éditions de l'Olivier, 2001*

Le Livre pour enfants
*roman*
*Éditions de l'Olivier, 2005*

*Ouvrages pour la Jeunesse*

Tout contre Léo
*L'École des loisirs, 1996*

C'est plus fort que moi
*L'École des loisirs, 1996*

Je joue très bien tout seul
*L'École des loisirs, 1997*

L'Affaire P'tit Marcel
*L'École des loisirs, 1999*

Les Débutantes
*théâtre*
*L'École des loisirs, 1998*

Je ne suis pas une fille à papa
illustrations d'Antoine Guilloppé
*Thierry Magnier, 1998*

Une toute petite histoire d'amour
*L'École des loisirs, 1998*

Zéro de lecture
*L'École des loisirs, 1998*

Les Nuits où personne ne dort
illustrations de Gwen Le Gac
*L'École des loisirs, 1999*

Mon cœur bouleversé
*L'École des loisirs, 1999*

Bretonneries
illustrations de Gwen Le Gac
*Thierry Magnier, 1999*

M'aimer
illustrations de Alan Mets
*L'École des loisirs, 2004*

Réalisation : I.G.S.-C.P. à Angoulême
Achevé d'imprimer par Firmin Didot
au Mesnil-sur-l'Estrée
Dépôt légal : août 2005. N° 55720 (74247)
Imprimé en France

# Collection Points

DERNIERS TITRES PARUS

P1310. Le Dernier Ami, *par Tahar Ben Jelloun*
P1311. La Joie d'Aurélie, *par Patrick Grainville*
P1312. L'Aîné des orphelins, *par Tierno Monénembo*
P1313. Le Marteau pique-cœur, *par Azouz Begag*
P1314. Les Âmes perdues, *par Michael Collins*
P1315. Écrits fantômes, *par David Mitchell*
P1316. Le Nageur, *par Zsuzsa Bánk*
P1317. Quelqu'un avec qui courir, *par David Grossman*
P1318. L'Attrapeur d'ombres, *par Patrick Bard*
P1319. Venin, *par Saneh Sangsuk*
P1320. Le Gone du Chaâba, *par Azouz Begag*
P1321. Béni ou le paradis privé, *par Azouz Begag*
P1322. Mésaventures du Paradis
*par Erik Orsenna et Bernard Matussière*
P1323. L'Âme au poing, *par Patrick Rotman*
P1324. Comedia Infantil, *par Henning Mankell*
P1325. Niagara, *par Jane Urquhart*
P1326. Une amitié absolue, *par John le Carré*
P1327. Le Fils du vent, *par Henning Mankell*
P1328. Le Témoin du mensonge, *par Mylène Dressler*
P1329. Pellé le conquérant 1, *par Martin Andreson Nexø*
P1330. Pellé le conquérant 2, *par Martin Andreson Nexø*
P1331. Mortes-Eaux, *par Donna Leon*
P1332. Déviances mortelles, *par Chris Mooney*
P1333. Les Naufragés du Batavia, *par Simon Leys*
P1334. L'Amandière, *par Simonetta Agnello Hornby*
P1335. C'est en hiver que les jours rallongent, *par Joseph Bialot*
P1336. Cours sur la rive sauvage, *par Mohammed Dib*
P1337. Hommes sans mère, *par Hubert Mingarelli*
P1338. Reproduction non autorisée, *par Marc Vilrouge*
P1339. S.O.S., *par Joseph Connolly*
P1340. Sous la peau, *par Michel Faber*
P1341. Dorian, *par Will Self*
P1342. Le Cadeau, *par David Flusfeder*

P1343. Le Dernier Voyage d'Horatio II
*par Eduardo Mendoza*
P1344. Mon vieux, *par Thierry Jonquet*
P1345. Lendemains de terreur, *par Lawrence Block*
P1346. Déni de justice, *par Andrew Klavan*
P1347. Brûlé, *par Leonard Chang*
P1348. Montesquieu, *par Jean Lacouture*
P1349. Stendhal, *par Jean Lacouture*
P1350. Le Collectionneur de collections, *par Henri Cueco*
P1351. Camping, *par Abdelkader Djemaï*
P1352. Janice Winter, *par Rose-Marie Pagnard*
P1353. La Jalousie des fleurs, *par Ysabelle Lacamp*
P1354. Ma vie, son œuvre, *par Jacques-Pierre Amette*
P1355. Lila, Lila, *par Martin Suter*
P1356. Un amour de jeunesse, *par Ann Packer*
P1357. Mirages du Sud, *par Nedim Gürsel*
P1358. Marguerite et les Enragés
*par Jean-Claude Lattès et Éric Deschodt*
P1359. Los Angeles River, *par Michael Connelly*
P1360. Refus de mémoire, *par Sarah Paretsky*
P1361. Petite Musique de meurtre, *par Laura Lippman*
P1362. Le Cœur sous le rouleau compresseur
*par Howard Buten*
P1363. L'Anniversaire, *par Mouloud Feraoun*
P1364. Passer l'hiver, *par Olivier Adam*
P1365. L'Infamille, *par Christophe Honoré*
P1366. La Douceur, *par Christophe Honoré*
P1367. Des gens du monde, *par Catherine Lépront*
P1368. Vent en rafales, *par Taslima Nasreen*
P1369. Terres de crépuscule, *par J. M. Coetzee*
P1370. Lizka et ses hommes, *par Alexandre Ikonnikov*
P1371. Le Châle, *par Cynthia Ozick*
P1372. L'Affaire du Dahlia noir, *par Steve Hodel*
P1373. Premières Armes, *par Faye Kellerman*
P1374. Onze Jours, *par Donald Harstad*
P1375. Le croque-mort préfère la bière, *par Tim Cockey*
P1376. Le Messie de Stockholm, *par Cynthia Ozick*
P1377. Quand on refuse on dit non, *par Ahmadou Kourouma*
P1378. Une vie française, *par Jean-Paul Dubois*
P1379. Une année sous silence, *par Jean-Paul Dubois*